风从何处来

搜狐文化 出品

北京时代华文书局

图书在版编目（CIP）数据

风从何处来 / 搜狐文化主编 . -- 北京 : 北京时代华文书局 , 2015.12
ISBN 978-7-5699-0670-7

Ⅰ . ①风… Ⅱ . ①搜… Ⅲ . ①访问记－作品集－中国－当代 Ⅳ . ① I253

中国版本图书馆 CIP 数据核字 (2015) 第 289167 号

风从何处来

主　　编 | 搜狐文化

出 版 人 | 杨红卫
选题策划 | 高　磊
责任编辑 | 杨迎会　高　磊
装帧设计 | 孙丽莉　段文辉
责任印制 | 刘　银　訾　敬

出版发行 | 时代出版传媒股份有限公司 http: //www.press-mart.com
北京时代华文书局 http: //www.bjsdsj.com.cn
北京市东城区安定门外大街 136 号皇城国际大厦 A 座 8 楼
邮编：100011　　电话：010－64267955　64267677
印　　刷 | 北京鹏润伟业印刷有限公司　010-80261198
（如发现印装质量问题，请与印刷厂联系调换）
开　　本 | 880mm×1230mm　1/32
印　　张 | 9.25
字　　数 | 200 千字
版　　次 | 2016 年 3 月第 1 版　　2016 年 4 月第 2 次印刷
书　　号 | ISBN 978-7-5699-0670-7

定　　价 | 38.00 元

序言

我为什么说有文化没文化都是一样的

文化很可能不是一个好东西，于是我也不能说这是一本很好很好的书。何况，我实在想不出非读书不可的理由。当空心人的好处是合理的存在于一些时刻，而想太多的人总是被同情。更何况，那么多的书都是人类退步的滑梯。

媒体都喜欢出书，想二次利用，妄想在访谈里塑造什么，这些人，在什么时间，什么地点，说了什么。他们为什么这么说，是不是非说不可。换句话，那些问题，我们又是不是非问不可呢？所有的事情，做和不做有什么区别？有什么意义？我也始终被这个局限困扰。人喜欢这样，而这种喜欢越来越变成必须。知道一些道理就非得和另外的人讲，而另外的人又有另外的道理。他们说的也许是真的也许是假的，坐而论道，我们就当真的记录下来，还出书，是不是太过分了。

但有时候，就是想做一些过分的事。

反正文化总是显得有点儿装腔作势。你可以说他是灵魂，你可以说他是娱乐。当然，他更可以说什么都不是。因此，有时候会有伤心之论，搞文化的不如其他随便干点什么的。所以我管搜狐文化叫打开的文化，打开之后就真的可以什么都不是了，他消费一切，也被一切消费。归零。因为什么都不是，所以他可以是一切。

但这种命名是后来的事情了，而这里面有一些是之前的文章。我没有仔细看稿子，说的潇洒一点是我根本没时间，而更主要的原因在于，如果认真对待，我想我一定会十分苛刻。但我最终决定把他们全部保留下来，好的，不好的，有价值的，没有价值的，一切都构成了现实本身。所有人都想努力证明自己是对的，这是最让我感动和备感无力的地方。

这个世界上并没有道理可讲。因为没有人想听道理，所以这本书里什么道理都没有。他们大多是名人，文化名人，文化名人的局限也是显而易见的。还有一些公知，或者最多是个公共脸。自然，他们都可以归为精英的范畴。他们说了一些日常生活中拿手的小事情，仅此而已。但对于那些夸张的部分，我希望读者报以会心一笑。

正确的姿势是，我们应该把他们讲的，当成什么也不是的去听，这是唯一可能有效的角度。总有些人在说话，他们构成了这个世界嘈杂的一部分。而噪杂就是本质。在这个地球上，没有人可以长久地睡一个好觉。当然，时过境迁的好处是心平气和，所以我们总不会指着书中的人物骂上两句。

我想老实一点，富有同情心的同时也是尖锐的，是怎么样就是怎么样，不要轻视自己的生活。够了。这才是文化本身。这本书叫《风从何处来》，如果一定要给它找到准确翻译的话，雪莱有句诗：the wind is passing through，风正在穿过。我想，恰如其分。而且，十分美妙。或者换个说法可以是，穿堂风。我们生活在一个穿堂风的世界上，害怕被刮跑，消失，消失得干干净净，所以总想留下点儿什么，这是最温柔的地方。哪怕他们说的什么也不是，也是我们总想留下点儿什么的证明。

是为序。

搜狐文化时尚中心　于一爽

2016年1月

目 录

一
作家是被读者碾过的芝麻

二
舞台是宇宙的中心

三
电影和电影人的衣角

四
世界是被语言说出来的

五
底层是不穿鞋的吗

一、作家是被读者碾过的芝麻

冯唐，原名张海鹏，1971年生于北京。诗人、作家、医生、商人。已出版长篇小说《万物生长》《十八岁给我一个姑娘》，散文集《如何成为一个怪物》，诗集《冯·唐诗百首》等。

冯唐

—

我可能要红了

我一直觉得身体里有一个大毛怪

经常有人告诉我说，京城的白富美都是我的粉丝，有人说是因为书写得好，有人说是因为颜值高，我也一直试图回答这个问题。

我觉得第一还是文章要好。文章好包括形式和内容，内容包括你有没有把事想清楚，能不能说明白，说得好玩不好玩，精彩不精彩。

还有一个，我想可能跟我的简历有关，相对来说比别人要丰富很多，比其他作家要丰富很多。这个简历可能能产生两点作用，一点从某些方面验证你写作内容挺丰富的，相对来说见识不会太低；第二可能某些人会产生好奇，产生一点点悬念，冯唐这个人怎么能有这些经历，我想可能这个简历也帮一定的忙。

还有一个是长相。长相这件事我觉得超级不理解，这也是实话实说。我那天去我妈那儿陪她吃中午饭，找了一些刚上大学军训时的照片，像“三好学生”证上的那种，有一张挺帅的，小鲜肉之类的。但是好多女生说现在比过去要好看很多。反正我三十岁之前那些女朋友没有任何一个夸我好看，所以第三点我是很糊涂的，前两点我是有一定保证的。所以我也不知道怎么是好看，怎么是不好看。

我一直觉得身体里有一个大毛怪，通常三个人在一块儿，会有一个大毛怪。它会有一些想法，然后会有一个人叫他社会性的人也好，叫冯唐这么一个人也好，领着这个大毛怪，有时候骑着这个大毛怪，有时候跟大毛怪一块儿睡，有时候变成一体，有时候变成两个。还有稍稍高一点、又不会高很多的人在俯视着这两个人，看他们俩之间的关系这些斗争情况，我身体里经常会有这么三组东西同时存在。

我以前和高晓松聊天的时候说过，小概率事件每人每生会摊到一些，且常常只摊到一件。但是我摊到很多，比如说我进麦肯锡这件事就是挺小概率的事件，我一个学医的又没有任何工作经历，进了这么一个顶尖的咨询公司，一做做九年，我觉得概率挺小；比如我从麦肯锡进到一个国企又帮着看整个盘，又在系统内重新创业，这也是小概率事件；在这么繁重的工作下我还能坚持写东西，我觉得也是小概率事件；写作又好像混出来了，我觉得这也是小概率事件。每天都有很多小概率事件。

纯文学像医学，不负责给你太多舒服

写作对我来说是几个阶段，最早的一个阶段实际上是尝试，我十七八岁时写了一个长篇小说《欢喜》。那时候我也看了一些文艺作品，也有一些情窦初开，写写玩儿，闲着无聊，上街打架打不过别人。第二阶段，“北京三部曲”那个阶段，很大程度上是想忘记某个事情、破解某个事情，像我老引海明威的话，写完了就过去了，把我挤破了，满满等着很快愈合，写完这个事就过去了。到了第三阶段《不二》《女神一号》等等，更多是解决一些问题。在我某些生命阶段，有些坎迈得很难甚至迈不过去，我就停下来仔细想想是为什么，然后找几个相关的典型人物仔细观察了解，把这些东西用小说的形式体现出来，实际是解决问题。第三阶段我跳出来说几句，可能大家总说纯文学跟严肃文学（不一样），国外也有这种所谓的分法，非文学、畅销书这些东西。我曾经有一个比喻，纯文学像医学，不负责给你太多的舒服，不是顺着你的，而是想能为你缓解能给你安慰给你治好的，当然往往不见得奏效。通俗文学是SPA，让你舒服让你愉悦。

另外一个比喻，纯文学写作更能直面人性中的问题。你的成长经历中，你面对一些心里过不去的问题，直面它去挖掘，根源是什么，表现是什么，什么样的变种，怎么处理。当然不是写得像论文一样，所谓的纯文学是逃开，创造一个跟现实不太相关的二次元世界，让人进去躲一会儿，从某种程度上也缓解了现实的痛苦。但是我现在没有花时间做这些白日梦，更多的是直接面对问题：抑郁症来吧，中年危机来吧，性瘾的患者来吧，我用小说来帮帮他。

从学医到写作，我觉得学医第一是它给你很强的生老病死的教育，逼着你看：一个多牛的人，生了病就那个模样，不管你多贪恋生，该死还得死，反反复复。不是几天看一次，而是你一天看好多这样的例子。生死是有生必有死，死是一个必然，这种死亡教育，其实看上去简单，但好多人缺失，以为自己可以不死，以为自己可以永远存在下去。我觉得在这种死亡教育特别清晰的时候，人学会排顺序排哪个重要哪个不重要，相对来讲就会更客观一点。比如我过十年就死了，你干吗要我挣四十年的钱？关于生死问题只有你看得清晰一些，才会出现“忍把浮名，换了浅吟低唱”这种句子，这样才有可能特别理解这种想法，要不然只想千万双手在我面前挥舞，打了鸡血一样一直往前冲。

第二，毕竟是学了好多学科，在学习过程中培养了相关的思考能力、学习能力、逻辑能力，帮助这些学医的人提炼世界发生了什么，到底是怎么回事。而且用相对比较客观的又不是说特别科学的方法看世界。因为里面有一些（自然）科学的成分又有一些非医的成分，不是能糊弄的，毕竟下了药病人好不好能够看得到。但同时科学既实用又有一些神秘性，有些病能不能治好、什么时候治好也不一定。一个一个学科都是教你怎么认识这个世界，学了很多学科后，会慢慢觉得对这个世界的认识能力有所提高。比如学挖掘机，MRI怎么挖掘一个古墓，拿本专业书稍微看看，过个几天基本能说得头头是道，这是学医跟学别的行当有点差异的地方。

第三，学医对人体的结构和人体从内到外已知的这些学科，会比常人有更多了解。比如对其他作家来讲，别的作家说“他伸手摸住她的胸部”，但是你会说“他摸到她的乳晕”。结构清楚之后，会发现专业词有时候在有些语境里会产生很神奇的作用。

再举个例子，说“她很瘦”，这个不生动，说“隔着冬天的衣服都可以摸到她的髂前上脊”，这就会很生动。我觉得医学里面有很多很好玩的东西，比如有一个词叫拔出悔，就是心理学的，土话说“提上裤子不认人”就是那种心理机制，本来觉得特别好，一拔出来就后悔，特别生动。

大家的困扰都不同，我觉得解决困扰可能有三个境界，一个境界是意识到问题可能出在哪儿，第二个是有意识地去克服，第三是无意识地迈过去了，那时候对你来说这个问题已经不是问题了。无意识就达到，比如咱现在走路无意识就可以走了，怎么走路对你来说不是问题，更多的比如说很多四足动物它意识不到可以两腿走路，直立行走。我的书《女神一号》实际上是想告诉大家在两性关系之中，其实老天有很多设定，说陷阱也好，有破坏力的设定也好，有很多类似的坑坑坎坎，通过阅读至少对这些坎有点认识。不见得认识之后就能迈过这些坎、不掉进这些坑里，但是能做到有所认识。举一个具体的例子，女性经常在一个关系中问“你能爱我一辈子吗”，这本书说没有比这种问题更傻的了，每当想问的时候自己一定要警醒，不要追求这一瞬间的口欲、心里的愉悦，要想想这是一个非常傻的问题，而且禁止自己往这个方向走。

世界是不太真实的，生活是虚的

实话讲，我一直觉得自己是一个小众作家，这几年我估计我可能要红，至少在纯文学里面我应该是最畅销的。第二，不管怎么样文学还是冷门，需要很多自觉的阅读、主动的阅读，它不是说很被动地打开屏幕就往里灌。在文学里再强的IP，拿到所谓社会传播里面都是一个弱IP，或许在中国这么一个崇尚各种所谓大奖的这种情况，比如得一个诺贝尔奖，或许我的IP能强到吸引无数的人。但我觉得现在做不到。第三，很多的传播离不开文学，文学是很多东西的母体，是土壤，甚至是主要的构成元素，无论好的电影、话剧、电视剧、网剧甚至文案，下面可能扒扒底子有不少是文学。

我更乐得当所谓的发动机，在后面的发动机。我也是眼睁睁看着原来他们嘲笑我是个诗人，但是现在很多句子都被当成金句，很多原来的那些杂文里的句子被挖成文案，什么“春风十里不如你”“我们彼此相爱就是为民除害”等等，有一系列，在朋友圈看到我十几年前的文章被挖出来，重新转来转去。这说明什么？说明有些东西是有生命力的，只要你文字够好，东西够好。

我觉得我会持续当这个发动机，让世界变得更美好一点。第四，我不排斥涉足影视，其实《万物生长》我只是卖了改编权，所有的过程一点没有参与，到宣传的时候只开过一个会，我也没啥发言权、影响力，索性啥也不说。

现在手上做的这个大电影是我第一次做编剧，是一个饮食和情色的片子。有一个纪录片叫《舌尖上的中国》，这个电影也叫《舌尖上的中国》，但是是一个美食加情色的故事片。“只有美食和情色能够拯救我们”——大意是这样。这次我做编剧，也能在过程中体验出作家和编剧之间的差异。我给导演交了将近三万字，合同也签好了，我会把这个变成小说。只是长篇小说不能叫这个名字而已。我已经起了一个挺好玩的名字，因为我爸特别爱吃东西，这个小说就叫《我爸认识所有的鱼》。有的日本餐馆里会有很大一张纸，上面写着很多“鱼”字边的字，这些字我爸好像都认识，我也不知道是不是对，只能觉得他是对的。他别的什么东西都不知道，就对鱼清楚。

有人说从王朔、王小波到冯唐，有一个文学继承的路子。我觉得我也没有刻意去做这些事情，可能三个人都是在北京长大，以北京为故乡，会产生一些共性。其他的我觉得差异性还是蛮大的，比如王朔是没有受过任何理科训练的，刚才说的医学训练也是理科训练，他凭着自己的感受感触写东西。因为他当时的成长环境也有限，世界观价值观也可能被他特定的时代所影响。小波是你一看文章就知道是理科生写的，我还坚持那个观点，他对于汉语的使用，我觉得还可以更丰富、更High、更优美。另外一个，他的中晚期文章，局面已经控制不住了。

其实王朔也存在这个问题，王朔的表现是有句无篇，只有句子，篇已经散得一塌糊涂，什么《新狂人日记》《和我们的女儿谈话》这一类，有很好的句子，但是篇已经散了。小波有很多重复，重复并不是说不对，有些重复是允许的，像赋比兴，“关关雎鸠，在河之洲。窈窕淑女，君子好逑。”可是小波在有些中晚期的文章里面，呈现的这种重复，反正我理解不了他的目的是什么，出现一些精神上的对文章的控局问题，这完全是我个人的想法。另外他们的长篇弱一些，那个时代大家写中短篇居多，但都曾经是我的文字英雄，这两个人再加上阿城，是北方作家中我很喜欢的三个人。

有一种说法，80年代是中国文艺20世纪的一个小高潮，我觉得是。那时候现代艺术的那些文章都呈现出很活泼很生机盎然的状态，包括那时候大家很重视文艺青年。我记得当时如果在《收获》《十月》《当代》上发篇文章，就可以进入县文化馆当职员，甚至可以进京谋份差事。这种事现在连想都不用想，很难想象一个“90后”在《当代》发一个中篇小说，就进京有一个专业作家的位置给他。好日子一去不复返了，不过每个时代都有它好的地方。

我三岁时就有一种荒诞感，比如一个老太太在我面前走来走去还挺慈祥的，过两天死了；一个小伙伴跟我玩得还挺开心的，过两天被抓进去了。那种荒诞感非常强烈，也许这是作家个性中一个很大的特点——荒诞感，觉得世界是不真实的，生活也是虚的。

你说有花开就有花落，花又开花又落，那底下是什么呢？这些为了什么？

我的人生下半场有可能跟上半场不一样了，最大的地方可以说两条。一条是会百分之百地执行——只做我喜欢做的事，只跟我喜欢的人花时间。因为根本不需要所谓的一定要达到什么或者不达到什么，我最有限的就是时间，我时间给谁我一定要自己做主。

第二个不太一样的地方，是要更自然一些。写作这边，我也写出“北京三部曲”，也写出《不二》，也写出《女神一号》，下面先放一放。所谓文字打败时间，从某种程度上我已经做到了。我就想看看，这么一块料会很自然地变化出一些什么东西来，我会一直写，但我希望看到那些天然的、自然的变化，更自在的变化。我还会有梦想，哪怕这些梦想最后还是会破灭，我还是会保持使用享受我的身体，哪怕我不能像过去那么挺拔，至少我能保证体重类似。第三，我还会有诗意，哪怕继续被别人嘲笑。

麦家，小说家、编剧。小说《暗算》获第七届茅盾文学奖。作品被译成三十多种语言，其中《解密》英文版被收进英国“企鹅经典”文库。

麦家

—

西方的无知放大了我的价值

我是个“毁誉参半”的作家

《解密》在英语国家上市以后，有媒体报道说“第一天就打破中国作家在海外销售的最好成绩”。我一直想申明，所谓“上市第一天，打破中国作家作品海外销售最好成绩”的这种说法是不严格的，事实上也没有哪个机构在做这种统计。亚马逊网站在各主要国家均有个图书销售排行榜，几乎每个小时都在变。

《解密》英译本上市以来，确实在美国亚马逊和英国亚马逊榜单上一直有比较好的名次。我助理每天都给我发短信，告诉我排名情况，确实跟中国作家比我是遥遥领先的。中国作家的图书排名大多在十几万甚至几十万名后，我手上的数据排名最靠前的一次是第三万三千多名。

《解密》上市第一天就突破万名大关，随后名次一直往前冲，冲到最前的一次是：美国亚马逊图书总榜第四百八十七名，文学类图书第三十六名；英国亚马逊图书总榜第三百三十一名，文学类图书第二十二名。以周排名情况说，上上周排名美国亚马逊文学类图书第二十三名，上周是第十七名，与《纽约时报》畅销书排行榜只有一步之遥。这个销售情况应该是十分理想的，如果这种销售势头能保持下去，我想登上《纽约时报》畅销书榜也许指日可待。

其实《解密》被退过十七次稿，每次退稿对我来说都是一次打击，也是一次重新出发。说实话，这本书折腾了我十一年，彻底推翻重写有三遍，局部修修改改在二十遍以上。其间我曾无数次地痛斥自己：那么愚笨，那么没用，那么可怜，以致全部青春都可能为它废掉。但正是这种反复的思考、修改，让这部作品变得越发新颖别致。我相信，我写出了一部非凡的小说，至少在中国是唯一的，没有敌人，也没有亲人。

与崛起的中国经济相比，中国文学在海外的影响力实在是太小了。著名汉学家蓝诗玲（Julia lovell）曾指出中国文学作品在海外出版的窘迫，“2009年，全美国只出版了八本中国小说”、“在英国剑桥大学城最好的学术书店，中国文学古今所有书籍也不过占据了书架的一层，其长度不足一米”、“对母语为英语的大众来说，中国文学的翻译作品始终缺乏市场，大多数作品只是在某些院校、研究机构赞助下出版的，并没有真正进入书店。”

多数西方出版商、媒体甚至学者，对中国当代文学的印象还停滞于封闭乡村、政治迫害或扭曲的性爱等褊狭之隅，这显然是对中国文学尤其是当代文学的误读。造成这种现象的原因是多方面的，其中不乏我们自身的原因，在推介作品时过分迎合西方读者早年形成的某些“褊狭趣味”，而忽略了对文学本身欣赏的需求。

我在中国文学界一直是个“毁誉参半”的作家，我的《暗算》得茅盾文学奖后被不少人诟病，他们认为我只会讲故事，离文学还远着呢。我是什么其实无关紧要，但什么是文学确实值得探讨。坦率地说，我在写《解密》和《暗算》前，写过大量被人认为是文学的作品，农村、土地，鸡鸣、狗盗，华丽的辞藻，沉重的主题，学者的反思等等，写了七八年，越写越觉得没劲，因为没有读者。1991年，我开始写《解密》，讲一个破译家的故事，题材、写法都是新的。我想告别自己，也想告别固化的文学模式。也许我过于自负了，但我觉得这次西方媒体之所以这么关注这本书，就因为书本身，他们接受了我对小说的探索和付出。

其实《解密》在中国出版已经十多年，为什么今天才“走出去”？既然你那么喜欢，按说早可以拿去出版嘛。可是他们不了解，不知道，我们只能靠一些偶然的因素被他们关注。现在他们关注到我了，算是我的幸运；由于我跟他们以前关注的作家不一样，我的幸运又被放大了。

这里有几个事实可以充分说明他们对我们的不了解，比如美国的FSG出版集团，这是一家非常有名的出版公司，旗下有二十二位诺奖得主，有“诺奖御用出版社”之美誉，至今居然还没出版过中国作家的书，我是第一个；再比如英国企鹅出版社，

《解密》这次被收进“企鹅经典”文库，这也是中国当代作家第一次；更夸张的是《经济学人》周刊，这是和美国《时代》周刊齐名的一家刊物，在欧美影响超大，很少发书评，但这次对《解密》做了一篇很夸张的文章，标题叫《一部每个人都该读的中文小说》，全文第一句话说：终于，出现了一部伟大的中文小说！在封面上就这么说。这是为什么？就是不了解。我不是谦虚，《解密》是一部个性鲜明的小说，但无论如何配不上这些殊荣，是他们的局限和无知放大了我的价值。

写作是为了寻求上帝的表扬

我一直觉得写作是个人内心的事，只有写自己喜欢又熟悉的生活，才有可能创造自身价值。替人说话，为市场喝彩，这都是聪明人干的事，但也不免聪明反被聪明误。作家也许还是笨一点好，聪明的价值经常是负的。

文学无疑应该关注现实，但也不是说只有写现实的作品才有现实意义。我们看《红楼梦》和《百年孤独》照样有现实意义，会被感动和滋润。因为文学说到底是关乎人的心灵世界的，就心灵深处来说，今天的我们和古人或者非洲人并没有太大差异。

我写作是从写日记开始的。小时候因为家庭成分不好，被同学歧视，交不到朋友，我很孤独，写日记是我唯一的交流通道，日记本是我仅有的朋友。

写了十几年日记后，看到有些小说很像我的日记，我就开始写小说了。开初的写作是没有目的的，不过是多年写日记习惯的一种变异和延续，是为了整理情绪，打发时间。现在我很明白，我写作是因为想揭示某些真相。我曾经在军方的一个秘密部门待过，那段经历告诉我，这个世界被我们人为埋藏的真相远比我们发现的多。我们以为无所不知，其实知之甚少，知道的也可能是假象。这个认知让我感到恐惧，也让我找到了写作方向。

我想，如果我的写作能够让人们多一点真知、少一点无知，上帝也许会表扬我的。换句话说，我写作，是为了寻求这份表扬。

文学和电影是亲人关系

文学和影视作品各有各的受众，也各有各的创作纪律，但不管怎么变，万变不离其宗的是：讲好故事，塑造好人物。

文学和电影是亲人关系，很多好的电影都是根据文学作品改编的，不少文学作品也通过影视改编让更多人关注。但现在这对亲人关系不和，经常在打架，有的甚至成了冤家。中国导演在作家面前是有点高高在上的，这可能是导致矛盾的原因。我个人觉得犯不着，别人改编我的作品，改编好了我视它为意外之喜，改编不好我也不生气。毕竟他们不是为我拍电影，而是为老板，为自己。

我近两年写得特别多，写作是需要灵感的，写了这么多年以后有点被掏空的感觉，需要一个重新积累的过程。在这期间我就想找点事做做，挖掘自己的潜能。现在主要的工作是对前期的剧本把关，对后期剪辑监督一下。

相比小说，影视尤其是电视剧，主要作用不是审美，它对戏剧冲突的要求就很高，说得不好听，一定要有爱情戏，一男一女出现了，即使没有爱情戏，观众也会产生一些预期。

像王家卫的《东邪西毒》改编自金庸的小说，但是跟原著有天壤之别，这仍然是一部好电影。我的小说改编为影视作品，我不介意人物关系，甚至性别改了，只要是为电影的美而改。

作家转战影视圈，优势肯定是在剧本方面，中国影视发展的目前症结还是缺乏好的原创剧本，作家对剧本的审美能力当然是毋庸置疑的。弱势在于作家是关在自己家里创作，而影视需要团队协作。我相信这也是大部分作家的弱项。做导演就像骑自行车一样，车没到你手上，你不知道自己能不能学会。看书、跟别的导演聊天没用，必须去现场，去到那个环境中试一试，才知道自己是不是那块料。

张大春，台湾小说家，祖籍山东济南。台湾辅仁大学中国文学硕士，现任辅大中文系讲师、News98电台主持人，著有《四喜忧国》《聆听父亲》《认得几个字》等。

张大春

——

只写好读好卖的书会不好意思

《大唐李白》绝对不是一个通俗读物，因为它考验着读者的耐心和主动好奇的态度，所以不是太容易阅读。但必须要有这样的东西，如果只写好读好卖的书，午夜梦回想想会有点不好意思。像我昨天去看了《聂隐娘》，侯孝贤在剪辑室单独放映给我，里面绝大部分对话是文言文的，而且越难懂的地方越是用文言文。如果要我把这个故事详细地讲出来，恐怕还要再看一遍，或看三遍，不是说我熟悉唐代的某些东西、熟悉电影就是一个好观众，我还没资格。这个电影很考验观众，可是从这个角度来看，侯孝贤到底是看得起他的观众，还是看不起他的观众？我心里有答案，他是非常尊重观众的，不管你看得懂看不懂，侯孝贤都假设你看得懂。所以他尽其所能地把考究出来的、想象出来的中唐时期藩镇割据的情况呈现出来，并赋予新的意义和当下呼应。《聂隐娘》不见得会成为一个轰动市场的票房电影，因为它根本不和票房电影走在一条路上，它是全然风格化的东西，不是用熟悉的叙事逻辑贯穿一个从前到后的情节。

至于为什么会选《将进酒》这首诗作为这个系列第三本书的名字，首先“将”这个字从解释来说不应该念qiang，我知道好多人觉得这样念很酷，但酷不表示这个学问就是对的，qiang的念法别具俗义，却不见得就是正义。《将进酒》一方面来自李白的诗，一方面又和他的人生阶段吻合。在第二册《凤凰台》里，李白最好的朋友饮酒过度死亡，这个人在最后一次喝酒时突然生气起来，抓起酒壶就往北斗星扔。近四十万字后，这壶酒掉下来了，而且就掉在李白的婚礼上，这个呼应恰恰在《将进酒》里有一个象征意义，将进酒就是“来喝酒嘛”，用这三个字把李白的个性跟他在江湖上闯荡数年之后的心情做一个总体的呈现。

李白跟宫廷里的皇帝，安禄山跟宫廷里的皇帝，有一种对位性的关系，在体形、事功、对国家的想法上，而且李白在晚年也不自觉地加入了叛乱军，所以两人也没有太南辕北辙吧。李白和安禄山没有过正面冲突，但是我会在第四卷里面安排一个场景，安禄山在列阵的时候李白看到了，李白立刻就察觉，这种阵仗不是一般的军事的阵仗，而是一个结合了宗教企图的号召，从这个角度来讲就值得忧虑了。安禄山之所以会这样，跟中亚粟特人有关，他们信奉一种融合式的宗教。你把安禄山的家乡想象成一个弱小、没有军事实力，但分为很多小城邦的地方，大食人来了就臣服于大食人，希腊人来了就臣服于希腊人，更何况是当时的大唐，那是一个东来西倒的民族。安禄山会多种语言，很会做生意，非常活泼，又是逃亡到中土的，如果他这一生是另一种解释轴线，肯定不会是一个污名化的人。

在唐代，天下之人皆以商人为贱，李白的父亲是个商人，李白也应该是一个商人，他自己就是底层。但李白二十七岁那年通过一次婚姻，娶了担任过宰相的许圉师的孙女。他在后来的十年里做的事，可能是替他的老岳父把家里的铜钱，借由行商的名义，掺上别的金属盗铸，交换更多的铜钱回来。这个婚姻让李白结识了一些官吏，有了从庶民晋升到贵族的可能。但对于政治，李白是一种游戏的态度，他本来没有政治企图，可他熟悉的诗词让他进入一个历史的情境，让他误以为世界还是那样。所以李白自比为鲁仲连和谢安，诸葛亮之流他都是不放在眼里的。最典型的就是鲁仲连，不知道从哪里来到哪里去的，突然出现就解决了几次大的纷争，李白想干这个，你不觉得就像是看多了《教父》电影想混黑帮一样？

骆以军，1967年生于台北。小说家。作品主要以小说为主，有《西夏旅馆》等，另有童话集《和小星说童话》，诗集《奔的故事》。

骆以军

——

我本是快乐的牡羊座

关于《西夏旅馆》，求求你们看下去

《西夏旅馆》在台湾是2008年出版的，2009年梁文道到台北的时候，我们抽烟喝咖啡闲聊，那时有不少大陆的出版社问我要书，但梁文道说："《西夏旅馆》这本书，一定要给贝贝特。"大陆这边的出版我不了解，就答应了给他。后来我很开心，视遇到梁文道为遇到知己。这里还有一个状况，有一些前辈或不同出版社来问我这本书的情况，可是我又不会打字，很抱歉；后来它出来了，对我来说还蛮开心的。这是我在大陆出的第一本书。

《西夏旅馆》这个小说比较长，四十多万字，交给出版社后我自己都不敢看了，写完都不敢看，很想吐。其实在业内，我是很有名的不改稿的。我是牡羊座的，我是有爆发力的，我还是用手写的：拿一叠纸用一支笔写稿，进入状态好的时候就非常好，这样写写写……我没有在电脑上改稿，我的那个编辑是很棒的编辑，很神经质，二校以后交给我，我没改什么，然后他又拿回去，自己改了一大遍。我感觉自己是狂风骤雨地写完小说，有很多激爽神秘的时候。在我年轻时候，写一个短篇就好像一个宗教式的光耀小说炸开了，可是这一段小说我自己写完不能睡觉，开心于自己写得太满意了；可是写完之后，自己就被掏空了，整个人就像一坨沥青。

我有一个心情，《西夏旅馆》就像是我的孩子。以前我三十几岁时写一个长篇大概一年，算是爆发力强的人，可是这本书自己写了四年，为了准备这个小说，我自己写了二十几年了。就像看一场NBA职业总决赛，你看了很多对决，可以知道它其中的战术和所有的神奇，你愿意知道更多的篮球术语，在你拥有了这些准备之后，看这种决赛的激爽会更大。你愿意为一个顶尖的对决做准备。如果有这样一个小说创作者，他花了二十几年的时间做准备，写出这样一本书，希望读者可以多给他一些时间。它不能给你一个快乐的阅读过程，不一定要一口气把这个书看完，它不是一个故事，它其实是一组我自己塞进去的庞大的时间体系，用量子力学看可能是一个多重的作品。

我本来是一个快乐牡羊座，人渣废才，哥们之间的开心果，可是我居然得了抑郁症，真是天罚我也。我乖乖到医院看，后来好了，可是每年复发一次。每次都在春天，今年在香港刚发过一次，就像女孩的生理期。后来我自己吃药，每年大概一两个月，我吃吃药就好了。

华人作家的性描写总是渗透愤怒和悲哀

《西夏旅馆》的本质是谈流亡者后裔，这一群人是被遗弃的，而遗弃的过程其实是对整个20世纪的大提问。他们上辈精神性的依托被彻底抽掉了，剩下这一群被遗弃的后裔在这个封闭的环境之中。我用旅馆做了一个结界，为什么在旅馆中他们变成这样一个怪物？变成湿嗒嗒、鳞片脱落的妖怪？我们要直视他们是被永远遗弃的。这部小说里出现了性，大量的性，但它的性是残缺的，不是美的，不是快乐的。我觉得性只是其中的一种运动方式，可是它核心的东西是那种异化。怎么彻底异化？那是种说不出所以然的愤怒，或者是说不出所以然的悲哀。

其实我想将来好好写真正的“性”这件事情。性，其实本来应该是植物花草蔓生，是名士和爱女之间梦一样的过渡。西方有很多写性写得非常好的小说，可是我觉得很多中文小说的性是梦魇的性，比如马来西亚的李永平写的性，我写到的某些性，台湾有一个非常好的作者舞鹤写的性。朱天文那样一个大美女，像仙女一样，在经典之作《荒人手记》中就写了悲伤的隐喻，她选择的是一个荒人，永远是一个异端，永远被置于边缘的。

“红楼梦奖”就像一个童话的梦，对我非常非常重要，我很感激他们几位当年给我这个大名字。说句真话，如果跟我一样是在写小说的朋友或者同样是创作者，会非常知道我讲的是真心话。当你二十多岁决定了走写小说这条路，决定了把你的眼睛挪到地狱的那一边去看，你的小说之途其实是在召唤你，你的眼睛会看到最恐怖的黑暗。你明白你要用所有的精力跟时间对抗，身体会摔坏，常常有写作低潮，就像一台车引擎坏掉、轮胎爆掉。但是这些都要修复，像一个骑士一样一直往前走，其中走得辛苦，走得怨念，在这个过程中有你要捍卫的价值。也许过了二十年，创作的低潮开始出现，但是对我自己的内在来说是不可能的。我昨天跟一个朋友聊到，现在我已经四十四岁了，也许写到五十五岁就好了，如果我的身体心智状况从三十岁算起，大概西方所谓的黄金时间就是这二十年，我还剩十年可以写。但我知道无论我怎么努力或者用功，都不可能写出一本马尔克斯的《百年孤独》。有这么多伟大的小说，我怎么会想到自己会走入谷底？还是会有一个恶魔的梦，这种东西要写到死为止。

父辈在大陆生活的二十年才是“人的时光”

我父母来台湾的时候，跟祖父母说一个月就能跑回来，没想到一去就是一辈子。20世纪90年代我回大陆探亲，我祖母当然早就过世了。我作为第二代，从小在客厅里听我父亲回忆当年逃亡的过程。他讲到我们骆家的祖先当年在安徽，讲到我的祖父是个豪爽、仁义的人，甚至还讲到他们江心洲那里有一种豆干，有多香多好吃；讲那边的梨入口即化，相比起来，台湾的梨简直就是一个萝卜、土豆。我父亲这一整代人，他们的生命以1949年为一个切点，之前的二十年对他们来讲好像是真的人的时光。后面的人生，在台湾过的几十年，包括后来娶了我妈妈，生了一个孩子，有了一个家庭，一直到八十几岁过世，好像这一切只是在别人的梦境里倒着行走，好像在倒影的世界。我不是特例，我只是许许多多外省第二代中的一部分，只不过我用小说的形式来表现了。

那一群人的悲愤，或是伤痛和绝望

台湾这十年的本土派会有一个焦虑，甚至愤怒。1949年，这一群外省人过去了，蒋介石充满恐惧、愤怒，对知识分子高度怀疑，在党内戒严。我们很怪，20世纪90年代同步读莫言、王安忆、李锐、阿城他们的小说，可是，大陆又在超英赶美时看鲁迅等人的作品，这些全部压缩在一起了。台湾有一个比较特殊的背景，日本曾侵略台湾。台湾20世纪30年代到50年代有一群很爱国的知识分子，他们常常泪怀故国，有一种中国传统的文人。问题是他们没有经过五四，没有经历过鲁迅，没有经历过当时的文学爆炸或者浪漫主义。他们很多时候对西方现代的理解和想象，是通过创作日文小说的这一批台湾本省籍作家。他们的路径跟我父亲这种来到台湾的这一批外省知识分子或文艺青年是不一样的。可是他们是用政治力量介入的，这确实可以理解。包括我爸也恨日本人，我爸从南京跑出来，觉得中国人怎么可以讲日本话，这些人本来会讲闽南话。然后所有人瞬间讲回国语。

日常生活中，从小学生学习到政府机关全部讲国语，这个还好。可是在小说中最幽微、最神秘的层面是，本来用某一种语言写小说的，在这个过程中，这一批作家突然变成一种失语症，于是他们被灭掉了，许久不见了。朱天心很愤怒，写出像《古都》这样的作品。现在大陆这两年有所谓的“港台热”，我当然也是因此才有机会到大陆来出书。可是我是觉得从张大春、朱天文、朱天心、我、舒国治，这样一个阶段来看，感觉有一点像舶来品。大家对这些作品后面的脉络好像不那么关心，实际上在不同时期，都有很多好的作家。甚至像台湾现在十年，也有非常好的一群年轻创作者和小说家，他们有的写“同志”小说，有的写光怪陆离的那种。我认为写作更应该在乎的是有没有更宽大的心灵，更同情理解他人的生命时钟，这是一种很美好的经验。同样是中国人，不过是被1949年切断。中间的秘密、折藏的心灵景观是不同的，这不需要靠哪一个大师，或者哪一个大的小说家，跟大陆这边的小说家去PK，反而他们应该像波兰的《双面唯诺尼卡》，互相凝视对方。原来台湾有一群人用日语写作，现在他们可能都过世了，可能过了四十年后，他们的作品又被翻译成中文出版。看他们那个时候文学的视野和文学的基础，可能并不能跟同一个时代的张爱玲、沈从文、郁达夫这些人比，可是你会看到它的一个进步，有些真的写得很好。可以看到当时殖民地那一群人的悲愤，或是伤痛和绝望。

陈水扁“执政”那十年，有一点像聚斯金德写的《香水》中的场景，突然香水师傅用一种香水把自己打扮成神，全场人疯魔掉，失去了人的原貌，等他们醒了便羞愧不已。

我很早就变成流浪汉，可是我很尊敬（朱）天文、（朱）天心，她们一直有一种面对社会的行动力。天心她们是客家人，唐诺是本省人，可是这是一个普适价值，他们变成族群的联盟，后来跟很多弱势社会团体结盟，甚至去支援在过去十几年到台湾的劳工和配偶，像印尼、大陆新娘，还有很多移民单位，他们受到羞辱和歧视。当然我没有资格像天心那样保护他们，但我觉得应该把每个人都当成不能被剥夺和不能被羞辱的个体去看待。

我们在洗所有人的梦，在吃所有人的梦

我是1967年生人，在台湾叫五年级作家，朱天心他们算四年级作家，我再下一辈的是六年级，一般讲是三十岁到四十岁的人。天心的老公唐诺先生学问非常好，还有一些小说家、评论者，他们都是比我用心、非常用功。我启蒙得比较晚，我自己算用功，可是他们脑袋太好。大概有十余年时间里，我跟天文、天心、唐诺先生他们交往比较长，每个礼拜会去他们的工作室，听唐诺讲别的作家的小说，这对我来讲很像一个私密的读书会，他

们还给我车马费。其实这十年本来算我人生很动荡的时期，我父亲中风躺了四年，家里经济状况不是很好，又生了两个孩子，还没有正式的工作，台湾的文学市场也无法养活长篇小说。但在我最凌乱的时期里，唐诺先生他们其实对我是很严厉的。

其实我跟天心是不一样的，她在二十几岁的时候书的销量就已经是像现在大陆这个状况。天心的书当时在台湾卖出三十万本，是大市场的作家，可是她同时掌握了非常强大的文学理论能力。但到了我们这一辈的时候，基本上台湾已经开始出现了文学奖机制，我们这一批都是从文学奖出来的。很独特的是，我们一进入文坛，就开始了作家身份的自我辨识过程。可是事实上，我们彼此之间没有像上一代作家那样，而是常一起喝酒、混文学社团。我们是“人造人”，罐头式的作用。天文、天心她们的现代主义发展到一个极致，因为台湾不像大陆这么庞大，有这么多故事和经验，直到天文、天心出来，才到了一个巅峰时刻，她们交出来的作品已经把某一些文字上的东西推向了极限，而我们就是承接这个过程。我们在网络上写一些青春哀歌，或者写奇幻小说、武侠小说、古墓小说，小说对我们来讲像一支昆曲，或者NBA篮球赛，或者芭蕾舞。当时台湾纯文学市场分化，天心的书曾经可以卖到二十万册的年代已经不见了；而大陆进入全球化的过程，这也是我们慢慢进场的时刻，是我们开始成为比较成熟的职业作家的时刻。台湾大量的市场，大部分做的是翻译小说，比如

《达•芬奇密码》，这些翻译小说是好看的，销量非常大，他们会花非常大的成本，而我们的书大概只卖两千本。

我们写的东西比较内向，我们这一批作家是内向时代的小说家，非常卡夫卡式，非常孤独寂寞的、内在的自我。我常常讲我们缺乏经验和教养，没有办法像王安忆或张爱玲那样写小说。我们几个要好的作家，大概每两个月会去酒馆抽烟、聊天，我觉得这很重要。以前我和唐诺、天心在一起时，我永远是正襟危坐、满头大汗，但我在学习。可是他们在一起就百无禁忌，只是抽烟聊天，对我来讲，我们是这个城市里的“巫”，被这个城市集体的噩梦、恐惧、虚无、嫉妒所伤痛，我们在洗所有人的梦，在吃所有人的梦。我们只是正常人，但有时候是那么冰冷和孤独，我们是那么相濡以沫。后来我很喜欢克拉巴尔、布尔克斯，他们每天在咖啡屋喝酒聊天，生命到某一段就突然来了恋情。台北是一个比较小的城市，是一个支撑写作，或者交换身世的地方，很温暖的。

一个是“恋人”，一个是“导师”

董启章很沉静，我很“人渣”。我讲“人渣”不是负面的，我本来想写一本《我的“人渣”兄弟》。后来我意识到“人渣”的定义可能是很负面的，可是我以前一路从青春期鬼混到大学的一些废才哥们儿，我都说我们是“人渣”。董启章我非常欣赏他，在香港跟他聚了几次，我们俩确实一肥一瘦。他是一个神性的大讲堂，里面的核心就是一个高中少女心，他非常会写美少女，安静的少女。可是我永远是一个高中恶汉流氓。我跟他聊天，他好像是神性的，我是魔性的。那时候在香港，梁文道主持一个访谈，我就讲：我觉得董启章写那一本《学习年代》，他很想说我们都是怪物。他在香港长大，我在台北长大，但我们很像AI人，就是不知道为什么自己在设计图纸的时候出了状况，以至于后来我们变成这样。就好像我跟董启章本来都是长了六根脚指头，但却想要变得和别人一样。董启章的整个作品，好像是把多出来的脚指头切掉，你看到非常美，非常哀伤，在找寻一个神圣之途的过程，可是你知道后面是少一个脚指头，我就是那个被切下来的脚指头。

有几个话题对我来说是永远没有办法言语的，第一个是初恋的女人，第二个是第一只死去的狗，第三个就是我的启蒙。我遇到张大春是二十出头，我跟他个性是非常不同的。我是一个非常认真，然后暴乱、敏感的人，我在二十几岁是害羞的，充满焦虑，没有一个清楚的表达，整天在读自己那一大堆现代主义的东西。可是我小说课碰到一个三十出头，那么聪明、鬼才的老师，这不只是对我，而是对我们这一批都产生了影响。张大春在台湾真的是教父，是文学奖最重要的一个评审。那时候他的小说语言充满暴力，可以跟整套陈腐、老套的语言对抗。可是后来我到三十岁，跟他就比较疏远一点，反而跟唐诺先生走得比较近，我老师也走到一个古典中国的世界去了。也许我再过个十年，会回到古典世界里，但现在我不敢去看那些，比如《明清小说大观》，我觉得我会全盘走到那个世界里。但张大春在找一个古典文化，就跟我二十几岁去捕捉现代或者去冒险一样，我要去展开这一场旷日废弛的行销，后来没有什么机会遇到他，也就没有机会说师徒感。

毕飞宇，1964年生，作家。代表作品有《青衣》《平原》《慌乱的指头》《推拿》等。2011年，长篇小说《推拿》获第八届茅盾文学奖。

毕飞宇

——

你怎么像林黛玉

别去想那些不朽

一个写小说的人，把自己封闭在书房里面完成自己的一个世界，是件挺冒险的事情。从二十岁开始，我跟同行、跟批评家的对话关系就非常紧密了。

我们乡下人特别熟悉芝麻，芝麻撒在地上是不香的。撒在地上的芝麻被太阳晒完以后，你用石磙子碾一遍，神奇的事情马上就会发生，整个场地整个山口全部洋溢着芝麻的那种芬芳。像我们写作的人写到一定的时间后，需要这样一个人，她有很好的学养、发现、阅读量，关键是她能耐得住性子去通读一遍你的作品，被这样的碾子压过后，你不仅能发现别人，也会重新发现自己。

小说家创造了一个人，这个人物拥有了自己的生命；这个人物最终成为民族文化的一个符号，这就了不得。“你怎么像林黛玉”，林黛玉在这个时候不再是曹雪芹笔下的一个人，成了汉语世界里面的文化符号，这个符号是谁提供的呢？是那个姓曹的大哥，大哥了不得啊！

如果真有写作的天才，他首先是一个阅读的天才。与众不同的阅读才华，最终让他在输出的时候成为一个写作的高手。

最简单的办法是别去想那些不朽，听从内心的热爱比去想那些所谓的不朽要来得可靠。不朽不是作家自己在书房里创造出来的，是一个作家的才华、时代、文化背景和整个世界历史的脉络共同合谋的结果。但如何在写作的过程中让自身愉悦，对自己的生命负责任，让自己幸福，这个我们可以做到。

别管世人，别管短期

冯唐说过一个金线标准，这是非常具体的。第一，有关价值，你为什么会挑这样的书来看，这个东西为什么会刺激你，什么样的小说里呈现的生活是你渴望的，什么样的东西是你不愿意的。第二，某种意义上，对写作者来讲，要建立起审美的趣味。

构成小说有两个最基本的要素，一个是描写，一个是叙述。冯唐的《北京北京》里有几个年轻人喝酒的场景，可以说历历在目。他描写的那个桌子，桌子上面有很薄的随风吹的塑料布，他把那个薄写得非常仔细，身后还有一棵国槐，对方的身后也有一棵国槐。二十年之后，回忆起北京比较底层的路边小酒馆和落魄的小年轻，这样的东西会唤起读者很具体的审美感受。

金线固然重要，但在历史长河流动的过程中，美学标准在不停地微调，这是非常非常动人的。对写作的人来讲，一方面得尊重过往的历史文化传承，它是我们学习的一个范本。但另一方面，我们内心都有野兽，内心的野兽是有破坏欲望的。面对金线，生命力里狂放不羁的力量也在鼓励我们去跟它干一下。

千万别瞒着蚊子睡觉

我把《玉秧》写出来的时候，批评界说《玉秧》写的不及《玉米》和《玉秀》好。当时李敬泽老师说，你们还让不让人活？人家写了一个《玉米》你们说好，人家写了一个《玉秀》你们说好，人家写了一个《玉秧》，你们要求比《玉米》和《玉秀》都要好，哪儿有这样欺负人的？这个对我来讲是很温暖的，超出了友谊的东西，它对我的整个写作生涯都是有帮助的。

一个人对自己作品的判断大致应该是清晰的。还是那句话，每个写作的人都要对自己有要求。我生活在乡村，夏天蚊子非常多，睡觉时蚊子会爬满腿。我们反过来想，房间里面都是蚊子，我轻手轻脚地打开门，轻手轻脚走到床边躺在那儿，所有蚊子都不知道我已经睡着了。做这个事时我觉得自己很精明，这是用人的思维去替代蚊子思维。我还没到十岁时，爸爸经常教育我的一句话是：千万别瞒着蚊子睡觉，蚊子是瞒不住的。

在天特别冷或无聊的时候，我喜欢读《红楼梦》，我会替曹雪芹高兴。曹雪芹真幸运啊，他怎么就碰上毕飞宇了呢！他要表达的东西我懂了。我们死了以后，很可能在某个深夜有一个读者为我们在几十上百年前写的字而流泪，如果碰到这样的事，你多么愿意相信灵魂的存在，相信上帝的存在。

作家与评论家互相照亮对方。博尔赫斯的那句话我们经常重复，不是过去照亮现在，而是现在照亮了历史。阅读的乐趣是不期而遇的，阅读是最神奇的邂逅。

张嘉佳，1980年生于江苏南通。作家、编剧、导演。2011年凭借《刀见笑》获第48届台湾电影金马奖最佳改编剧本提名。2013年出版书籍《从你的全世界路过》。

张嘉佳

——

微博上的睡前故事家

写故事的初衷是想挣钱生存

2012年，我因为一些事情想散心，就出去旅行了一年多，所有积蓄都花完了。回来之后没收入，就想写点东西挣点钱生存下去。写故事时发现，我花一年调整自己，真的是豁然开朗。我的世界观变了，我觉得生命总是有希望的，不再像以前那么颓废。抱着这样的心态去写的“睡前故事系列”，没想到几乎每个故事都有导演想拍成电影。最终我确定了五部，因为每一部都是由我自己来做编剧，我能承受的工作极限就是这么多了。其实我很想做剧本，所以才写了这么多故事。

第二个原因是这两三年的经历，让我不得不写这些故事。我在微博上发表这些故事时，没有把它们发表到任何一个纸质的媒体上面。因为我一直觉得写作是私人的事情，当时写完了发微博也是想与大家共享。你喜欢看就看，不喜欢就当没发现。但是反响是一步一步起来的，我觉得可能很多人都能从这些故事中找到自己的影子。

我写这些故事秉持着几个原则：第一是我想改变一下短篇小

说的写法，把节奏加快；第二是把小说的结构改编得像电影，简洁明了。

虽然我没什么节操，但写字至少很真诚。我有一个原则，如果有一天我不写了，那一定是我觉得自己不真诚了。我是抱着非常认真的心去写作的，因为我想把自己真实的想法带给大家。

我觉得对于作者来讲，有两个因素很重要。第一是写作技巧和天赋决定了你能写得有多好；第二是阅历和学识决定了你能写得有多“高”。我觉得人生就像写作一样，很多事情如果不说做就做，以后一定没机会。很多人强调平平淡淡就是真，等到你真的平平淡淡的时候，就会懊恼曾经为什么没去尝试那些事情。

我的故事里有很多人物都是有原型的，所谓的原型是有一个“核”，然后我再进行处理。处理成当事人一看，这不是我嘛？但是他旁边的人就感觉不到是他。因为我把我和朋友们经历过的事情打碎了，然后重新组合，里面很多经历，都是我自己的经历，包括特别惨的一些事情，其实都是我自己。

我自己最喜欢的一篇是《33岁生日》，因为这篇是所有睡前故事的起点，它奠定了所有睡前故事的基调。

我用了十年把华丽的文风变朴实

跟了我很多年的读者曾经问过我一个问题，我才开始反省。他说看你的东西看了十年了，最早我觉得你是一个颓废的文艺青年。你愤世嫉俗，永远在迷惘，在悲愤，在痛苦，在绝望，怎么突然在你写的东西里面感觉到温暖了？

我开始反省，这些暖意应该是我感受到人生最大的绝望之后出现的，绝望的尽头会出现希望。我觉得痛苦有时候像鸦片，是会有快感的，我们把这些快感转化为希望，就不会再恐惧它害怕它了。有些人觉得这些故事是心理按摩，我觉得无所谓，因为我确实是这样的世界观。如果你不认同，就把它当做一个小故事。

我会把写作过程作为一个自我释怀、自我解脱的过程。我也很期盼读者能够从里面找到自己，勇敢拥抱过去的自己，如果真找到了，那便是意外之喜。

虽然这些故事有原型，但是这些事情发生的顺序或者说组合，我是按照一个剧本去做的。我把素材加工之后，严格按照我写作的风格去写，或者说是按照剧本跟小说结合之后的一种格式去做的。所以最难的应该是怎样把握好故事的节奏。

我觉得朴实的文字更能直击心灵。我花了整整十年时间，把自己原本华丽得一塌糊涂的文风一点一点变朴实。不过有时候还会忍不住炫技，在结尾的时候，或者偶尔在故事中间会有一两句可以拿出来做明信片的句子。我觉得可能用我现在掌握的文字技巧，解决不了这种情绪的表达，所以真的需要一些当年的诗化语言来处理。

以后应该会更加融合，不会像现在这样偶尔会有一两句比较跳脱。我有时候都会怀疑，觉得自己还能不能再写出十年前那么华美的散文了？因为我的小说里面景色描写没了，环境描写没了，连写人都是哭就是哭，掉眼泪就是掉眼泪。没有成语了，什么都没了，有时候完全就是白描了。其实朴实风格里面有很多复杂的技巧，不是说你骂两句脏话，或者用纯白描的手法去处理就能解决的。人物要鲜活，情节不能光凭想象。这个风格是我花了十年才变成这样的，我觉得挺好。如果让我回到十年前，我可能还不乐意呢！

把无节操和小文艺融合起来是技术

很多读者包括一些作者都在问我，你是怎么把无下限、无节操跟小清新、小文艺结合在一起的？我说这就是技术问题了。睡前故事中有一篇非常重量级的，就是讲老太太的那个故事，现在已经被陈国富导演买去拍电影了。那篇故事的核心是一句粗话，但是大家看到的时候，都觉得是一个极文艺又温暖的故事。

我认为有些粗话不是脏话，而是人物在当时情境下的一种情绪的表达。但是有些读者没办法理解，因为他没有语感，没有画面感，领悟不到这个情境。所以，如果有读者坚持认为这些粗话就是脏话，我只能说，你语感不好，看什么都会像看《故事会》一样。

我如果有改变，肯定不是为了读者的要求，而是我自己有需求。我觉得写作对我来讲，最大的快乐就在这儿，对于写作，我会非常真诚。我绝对不会写违背自己意愿的文字。

所有故事的价值观已经在故事里体现得淋漓尽致了，无论是《摆渡人》《末等生》，还是《暴走萝莉》等，每个人都会走错，可能曾经都想到过死，但是时间会让你走出来的。等走出来的时候回头去看，会觉得可笑，为什么要死啊？但是无论曾经怎么被伤，我都依然相信爱情。没有人会单身到死。

我绝不给读者灌心灵鸡汤

微博这个平台，大家要么是做营销广告，要么是明星发布自己的新闻，要么是几个朋友瞎聊天，却从来没有人把它当做一个认真阅读的平台。迄今为止，可能只有我这个微博大家把它当做一个阅读的平台，所以我特别骄傲！

让大家在微博上把一个小说看完，其实是挺艰难的事情。大家喜欢我这个微博讲故事的功能，我觉得无论从我编剧的身份，还是作者的身份来讲，都是极大的认可。

我觉得最开心的是喜欢睡前故事的人都来了，不喜欢的人也不会关注我。转发率高就说明喜欢这些故事的人多，那么就会有更多潜在的、想看这些故事的人发现它们。微博让读者有选择权，不会强迫阅读，所以我觉得这种形式挺好。

十年来，我身边所有的朋友都说过，他们认为我在十几年前就应该火起来。其实我各行各业都干过，干到一个特别好的机会的时候，我就收手了，无论是写作还是编剧。我2008年做《刀剑笑》的编剧，直接被金马奖提名了，提名完了之后，圈里人发现我消失了。

我不是追求生活中所谓成功的一个人，我会一直去调整自己的生活状态，让自己觉得舒服。我觉得人生在世也就几十年，不需要每天都很充实。我可能今天什么事儿都没干，但是这就是我想要的，我就是什么都不想干。随遇而安的生活才是最舒服的。

我只讲故事，虽然里面也会有一些感悟金句，但我绝不给你灌心灵鸡汤，这是我的原则。

在这些故事中，你能找到自己的影子。心灵鸡汤可能是像传销一样的东西，蛊惑你。比方说你现在心情很糟，心灵鸡汤会告诉你，你再糟能糟过乞丐吗？这是“鸡汤”的精神。但我写的这些故事是我心中的真实想法。我想给大家传达我的世界观和价值观。我想告诉大家，看完这些故事后，其实没有必要微笑地去面对伤害过你的人，但是一定要学会微笑地面对被伤害过的自己。

有人喜欢问我，故事里的那些问题该怎么解决？我只能告诉这些看故事的人发生了这些问题，但我不告诉你怎么解决，因为我也不知道。每个人的状况都不同，每个人的问题都要靠自己去消化和感悟。不喜欢我这种朴实的风格，可能我有其他风格他们会喜欢。而且，睡前故事写起来真的不像大家想象得那么轻松、简单、容易，它真的是人生沉淀下来的东西。有人看得起，喜欢的人越来越多，对我来讲就足够了。

沈浩波，1976年出生于江苏泰兴。诗人、出版人，北京磨铁图书有限公司创始人。曾获第11届华语文学传媒大奖，《人民文学》诗歌奖，《十月》诗歌奖等。

沈浩波

—

写诗是一个永恒的失败的事业

写诗是一个不断收获幸福的过程

如果有人愿意称自己是诗人，那就称吧，至少他觉得这个称谓挺好的。但是他是不是诗人，自有公论，关键在于你能够留下多少首诗歌。在任何一个时代，最后留下的诗歌都是很少的，我相信在中国古代历史中，自认为优秀的诗人，会比全唐诗的作者多一百倍。

我一直觉得诗歌是一个永恒的失败的事业。你永远无法想象这一辈子的写作，最后能不能让自己满意？我们内心里对于自己的写作肯定有一个非常完美的想象，但是穷极一生也未必能写出来。诗歌是一个要求你的心灵触角无所不在的艺术，但是实际上，我们每个人心灵触角的延伸都是有限的。所以在写作过程当中，你永远充满着挫败感，因为你延伸不了。

但从另一个角度来说，写诗又是一个不断收获幸福的过程，你每写出一首诗来，实际上就完成了一个世界，在这个生命里你收获了一首诗；它和你生命里某些潜在的情感是相呼应的，如同潮水一样共同生长。

诗人永远会遇到他的读者，能够期待永恒的读者也永远会遇到他的诗人。

保持内心的鲜活和敏感

我并不认为自己得奖的诗集是一个水平多么高的诗集。我之所以得奖，本质上还是对于《文楼村纪事》这首诗的追认和重新认可。我过去的标签叫“下半身诗人”，现在又多了一个标签，叫“新批判现实主义”，我可以接受各种标签。因为我们很难要求更多的读者，或者更多专家学者能真正完整地进入你的诗歌、诗集，标签就像椅子的扶手一样，有了标签才能扶住，才能对你进行言说。

历史终会给你一个清晰的面貌，在它不清晰之前，或者在别人没有能力把握之前，先给它几个标签，让它浮着也挺好。反正都是我嘛，不管什么标签贴在我身上，我都照单全收了。

我确实在2001年到2004年间写了很多偏身体化的诗歌，并不是大家刻意要忽略其他的诗，而是这些诗的冲击力更强，一定会让人印象深刻。很多诗我到现在也非常喜欢，比如《一把好乳》，它可能是新世纪以来流传最广泛的一首现代诗。我永远不可能把它收进任何一本诗集里，但是我自己非常喜欢这首诗，不管外面的争议有多大，我仍然认为这是一首杰作。

现在微博上只要有人看到大胸的女孩，或者丰满的女孩，马上就会说“一把好乳”，我当然觉得非常高兴。“下半身写作”这个标签贴在我身上，至少让人可以想起《一把好乳》来。从传播学的角度看，标签化我觉得无所谓，只要我没有把自己标签化就行。如果因为外界给我贴了标签，我就永远只写一种风格的诗，那就成雕塑了。我希望自己依然是丰满的、有变化的。

但是写作会随着年龄的变化而变化。要我现在再去写《一把好乳》这样的诗，我也有心无力。那种尖锐，那种直接，都带着非常强烈的青春期的印迹，回不去就是回不去了。不能因为别人都说我批判现实主义，说我有多了不起，我就受到鼓舞，天天写批判现实主义，那不成了一个傻子吗？诗人的内心不能那么干瘪，就在一个思路上死磕，还是要挖掘全方位的心灵触角，要像章鱼一样到处延伸。其实一个诗人一辈子写的诗都是有限的，每个人触角的幽微程度、纤细程度和敏感程度都是有限的。所以我觉得最终还是要保持内心的鲜活和敏感，不要被任何观念、标签和所谓的方向所桎梏住，应该是完全敞开的。

文学是跟生命息息相关的

现在回顾这些年来民间和知识分子的争斗，没有任何变化。从历史的眼光来看，我觉得知识分子们基本上是越写越差。你没有在具体生活和鲜活的生命中写作的能力，就不要去用一些所谓的诗歌理论和诗歌学来告诉我们：这样是对的。在现在的教育体制之下，我们诗歌读者的素养都蒙上了各种各样的灰尘，这些灰尘可能来自于传统，比如我现在贴任何一首诗在微博上，就会有人问，这是诗吗？它为什么不押韵呢？因为他所受的传统文化的蒙蔽太深了。

从小学开始，所有的老师都告诉我们：这就是诗。而事实上进入现代社会的诗歌都不是那样的。现代文明是从西方来的，但是因为我们教育是要反复强调中华文明的正统和灿烂，所以不讲西方进入现代社会文明的灿烂。中国的孩子从小所接受的教育，依然是一个不睁眼看世界的教育。这样的教育是有所缺失的，在这种教育之下，人的审美能力也是有缺失的。

我最讨厌一个小学生写了一个小句子，就被父母或者社会捧成天才，这是最大的“谋杀”。文学是跟生命息息相关的，只有生命状态成熟的情况之下才能构成文学；在生命状态不成熟的时期，根本不懂文学为何物。一个孩子不存在生命状态，还是一个纯自然的儿童。人只有真正受到了各种污泥浊水的洗礼之后，才会变成“人”，才能创作出好的文学作品。

一个一个孤岛一样的存在

一首诗写作出来之后，它们就有了属于自己的生命。我当然希望能够被更多人看到，这是一个最常态的情感。在情感变成诗之前，一定是私密的，但当它变成诗的时候就不再是私密的了，它应该属于更多的人。

我对诗歌的传播方式还是属于紧跟潮流的，我始终有一个强烈的愿望，希望我的诗被更多人看到。在网络时代和论坛时代，我是一个积极的、活跃的、整天泡在论坛上贴诗的人。当然现在是微博时代，我恨不得天天在微博上贴诗，而且不断地贴，让更多的人转载我的诗歌，微博的时代让我的读者至少多了一百倍。

现在只是诗人出现的场地不一样，很多时候是你自己突然发现的，或者有朋友推荐。BBS时代比较集中，大家都到那几个论坛去谈诗论作。现在比较分散，有的人就在自己博客里写，有的人就在微博发表，有的人可能就在纸媒上发表。大家变成了一个一个孤岛一样的存在。

总体来讲，我觉得当代中国诗歌处在一个非常好的状态，整体水平很高。同时我觉得摆脱了过去八九十年代青春期写歌的一个巨大问题。过去的很多诗人基本上到了三十多岁之后就开始不写了，很多著名的诗人都是这样一个情况。现在的诗人职业性和专业性都更强。目前还活跃在诗歌前沿的这一批诗人，基本上一看就都是会写到老的，任何问题都挡不住他们。这就是收获大师的前提，我相信二十年后，中国会出现一批大师级的诗人。

蒋方舟，1989年生于湖北襄阳。作家。2009年10月获《人民文学》杂志社主办的第七届人民文学奖散文奖。2012年从清华大学毕业，就任《新周刊》杂志副主编。

蒋方舟

——

生活要么悲惨要么无聊

所有逃离都要面对一个回归

在写小说这件事上我真的是一个新手。对写小说这件事，认真地说，我就是想在文学上有一个立足之地，有点野心。现在文坛太群魔乱舞了，严谨都成了一种风格。不煲鸡汤，不制造幻觉，对于每个人物研究得透彻，我觉得都是一些基本的作业。

我一直觉得好的作家应该有一个优秀的小说。在长达几年的时间里，每次别人喊我“青年作家”，我都会觉得挺不好意思的，我其实一直都没有一部小说作品。有的可能也只是青少年时期写过的一些跟青春有关的作品，其实从严格意义上说不算是文学作品，更像满足自己荷尔蒙的宣泄，也没有认真地去学小说上的技术。我到大学快毕业的时候又开始写长篇，包括已经写完的，写了十几万字，但是始终觉得不满意，最后全部都删了，一个字都没留，觉得我从短篇开始学起吧。我小时候看西方文学比较多，今年写作过程中重新开始看《金瓶梅》，那种对于人性的体谅和悲悯给我启发很大。

原来我认为，一个小说为什么能够叫好小说，是它讲明白了一个道理，让你哭或者怎么样。后来发现都不是，在我心目中一个好小说的标准，就是它能够带给我一种独特的体验。怎么说呢，比如说我写到一个人丧失孩子之后的那种体验，那种是很独特的，或者一个人迷路之后的体验，不是狗血的，不是预料之中的，而是非常独特的一手经验，我觉得这个是小说能够带给我最可贵的东西。

《故事的结局早已写在开头》这本书里写了九种逃离，首先逃离是一件很困难的事情。前两年有各种移民的浪潮，其实它是某种意义上的逃离，逃离一块熟悉的土地，逃离熟悉的生活，逃离熟悉的朋友，但是很难看到成功的逃离。他们生活得非常寂寞，依然刷着国内的新闻，跟国内的朋友联系，没法融入当地。我们到各个旅行地去散心往往也是失败的，那些困扰着你的事依然会像鬼魂一样捉住你。唯一成功的逃离是真的跟过去一刀两断，与那些荣耀、悲喜的记忆一刀两断，其他所有的逃离都要面对一个回归，回到原有的轨道和基点上。

虚荣是人类进步的阶梯

我从小到大都不断地在写自己的生活，已经写无可写了。另外，自己的人生经历或者年轻人的情感也不是我最感兴趣的，我更感兴趣的是那些生活在矛盾和无奈当中的三十甚至四十多岁人的生活。

可以想象，他们的生活一定是很悲哀和无聊的。文艺女青年不是说“作”吗，我到那个年龄肯定把自己“作”得特别厉害。有两种可能，一种是晚景凄凉，像张爱玲那样，很长时间都没有很完整的一份感情，那是悲哀；还有一种是很快地结婚生孩子，过上平庸的生活，那是无聊。生活就是要么悲惨要么无聊。

写作的过程中会有“入戏”这件事。你分不清楚是她用你的声音在说话，还是你去借助她的想法在发声。对于我来说，会越来越逼近生活的真相。把自己放置在人物所经历的痛苦当中，自我拷问，越来越会知道你遇到类似的困境该如何去反应。

在我的小说里，好像没有一个成功的或者真正幸福的女性。她们被家庭塑造，被外界想象塑造，包括像叶莺也是不断被男性的幻想所塑造。对现代女性来说，为什么会被塑造？还是对于两性市场、对于安稳的家庭关系，有一种依赖或者是依附？我认为成功的现代女性，没有那么强的依附性，永远是以一个人的价值衡量自己，不会把自己放在婚姻市场或者两性市场上衡量自己，对自己有清醒的坐标，不会因外界的干扰而改变。我所崇敬的希拉里、蔡英文都是很强硬的女性。我现在才二十多岁，没有面临很现实的问题，等到三十多岁，是否能够依然对自己的人生选择很坚定、很甘心，那时才是真正检验的时候。

很多女性作家在有了一个好作品之后，很难保持旺盛来延续那种创作生命。一个很重要的原因就是，她们太依赖自己年轻时的经历，感情、婚姻、破碎的家庭关系等等。当人生经历停止发展的时候，就没什么创作力，创作力仅限于写自传。我看我妈年轻时写的自传非常好，非常让人惊讶，但写完那本之后也很难再去写什么，因为生活中值得写的已经被抒发光了。我从小就刻意避免自己落入这种窠臼。

我现在的创作动力，想想还是挺虚荣的，就是因为小时候看了很多很牛的作家写的书，所以也想有一天变得像他们一样，这是一个很虚荣的目的。但我希望能够写着写着，再慢慢找出一个更立得住脚的理由。现在支撑着我的还是虚荣，虚荣是人类进步的阶梯，很多推动人类发展的都是出于虚荣。

观众的坏品位是会有尽头的

作为《新周刊》副主编，我觉得一个编辑做的事情是挺残忍的。我做一个编辑，大部分是把作品的风格塑造出来。像卡佛的小说，他的编辑最大的功能就是让小说形成极简的风格。大量的对话和温暖的细节全部剪掉，变成很冷峻的极简风格。一个编辑有点像造型师，把一个路人塑造出风格来，这是有点残酷的一件事。好的编辑能够让这种风格和作家的内心达到一种高度的统一，最后形成的文本获得作者的承认，作者确实觉得这样能更好地凸现自己。

我的作品可能没有人愿意改成剧本，因为它不是很戏剧性的那种，没有现在电影电视剧所需要的元素。如果版权真的被卖了，我可能也不会参与改编的过程，爱怎么弄怎么弄吧。我有一个不知道算优点还是缺点的习惯，就是不太会看自己出的书，包括这本书已经写完了，再谈这本书经常就会有一瞬间的烦躁，我写完最大的一个感觉，就是它跟我已经没有关系了。

比如它说被改编成电影或电视剧很受认可，我也觉得很好，但是我绝对不会臭不要脸地说功勋章上有我的一半。作品被拿走之后，它就是一个导演、编剧、制片、演员种种联合的作品，跟我没有什么太大的关系。

我前几个月才知道一个词叫IP，几个字或者一个产权就卖出去好几百万，我们身边经常也会有人讲到这种都市传说。我觉得其实挺畸形的，出来的也真的不是好的作品，我相信观众的坏品位是会有尽头的。前几天看了几个电影，真的是吓死了，胡拍也可以啊。

但是大家都批评的《道士下山》，我觉得没有那么差，凯歌老师那种迷失是很真诚的，他的那种不知所措你都不忍心吐槽，包括说“杀马特”发型，林志玲床戏笨拙得像八十年代科教片，那种人与自然花开花落的镜头。而且退一万步讲，他也不是胡拍，不是骗钱，他真实展示对电影市场的迷失和不知所措，看着挺心疼的。道教的一些东西跟性有关，有一些是真的没办法在电影里展现，比如张震和郭富城修炼的“猿击术”，很多需要男男配合的东西，但是很多人不懂道教背后的基础，造成那个部分很古怪。所以凯歌老师接受采访时特别委屈，我也能理解。

大陆作家比港台作家更有优势

我这次随总理访问拉美，有一个细节，研讨会上哥伦比亚总统和李克强总理都出席了，我问身边的哥伦比亚作者，原来见过哥伦比亚总统吗？他说见过好几次了。因为哥伦比亚总统是记者出身，他们的接触很频繁，而对我们来说，可能第一次看到总理从新闻联播上面走出来。

哥伦比亚官方文化部带过来一个他们认为和马尔克斯一样好，或者比马尔克斯更好的作家——巴斯克斯，把他带到中国作协去交流，结果作协没有一个人认识他。国外同样重视把他们的作家带过来，同样重视他们和其他文化之间的交流。我觉得在任何层面上，只要能够促进文化交流的都是好事。

我观察到，在参加跟写作相关的座谈会议上，西方作家之间会聊文学聊艺术，跟第三世界国家包括中国，都开始聊政治和意识形态，不是同一种标准。没有什么元素好吸引外国人注意，即使短期内有比较大的反响，但还是出于猎奇的心态。我前段时间看文学杂志翻译了二十篇巴西的年轻作家写的小说，以色列的年轻作家，还有一个韩国的“80后”女作家的作品。写得特别好，人家没有特意去讲文化环境或者政治，就写纯人性的东西，依然是很好。所以，很简单，写得更好就能走出去。而且中国相对来说还是更有优势的，它融入世界语境，机会在于世界对于中国的关注，大陆作家比台湾作家和香港作家都有更大的优势。

现在网络写作非常火，首先我自己是不看的，不是因为清高，而是找不到看的动力，没有想哭想笑需求快感的情感需求。另外，作为同行借鉴，我也学不到什么东西。我就只看过两部算是网络小说，在手机上，简直手不释卷，其中一部是商战小说叫《圈子圈套》。那样的生活有趣，产生陌生感，而且很写实。我看它们的时候，确实有一定的启发。为什么在一般的文学作品当中，看不到对都市生活、工业社会、某个行业、官场生活、职场生活的客观而详尽的描述？传统作家可能对照的是一个自然的、农村的、温情脉脉的人际关系，可能还带一些贬义，年轻一代的写作者应该考虑到这个问题。任何写作要考虑双层，除了文本层面，还有这种写作到底有没有意义，再去写上一代写的乡土，我觉得意义没那么大。

徐则臣，1978年出生于江苏东海。2014年小说《耶路撒冷》获老舍文学奖。2014年小说《如果大雪封门》获第六届鲁迅文学奖短篇小说奖。部分作品被译成德、英、荷、日、蒙等语言出版。

徐则臣

——

跑步穿过中关村和耶路撒冷

我从没想过要用小说预言什么

其实所有作家都愿意写出“不确定”的小说，因为“不确定”，可供阐释的可能性就更大，解读的空间也就更大，所谓“一千个读者有一千个哈姆雷特”。

但这种“不确定性”经营起来很不容易，得建立在你对世界的多元看法上，需要你对小说意蕴、小说技术和叙述有着相当的掌控力和分寸感。说白了很容易，说得不到位更容易，说得“增之一分则太长，减之一分则太短”很难。也如你说，“不确定性”做好了，无限可能性就出来了，自然会生发出更多需要和值得探讨的问题；而说爽了，彻底了，痛快了，往往成了“一家之言”，把小说的意蕴给局限和单一化了。

我从没想过要用小说预言什么，我只是忠实于我的观察、思考和内心感受。看见了，就要看清楚，然后尽力及物地说出来。

《跑步穿过中关村》写于2006年。在此之前的2003年，我已经开始了关于北京的叙述；城市与人尤其是外来人和边缘人的关系，那个时候我已经开始探讨了。这类表达在当时完全是我内心的表达。如果说此类作品真有那么一点超前，那也只能说，作家的确是更敏感的一类人，尽管他们不能完满地从社会学的意义上对现实做出精辟的表述，但他们的确会先于普通人感受到某种时代的暗流和我们内心的骚动。文学肯定要表现这个世界，作家就活在这个世上，光阴流转是你的日常生活；但它不是以纪录片的方式来表达，而是以独特的、个人化的方式来表达。

作家需要对现实负责，我说的不仅是担当的问题，而是说你要对你的根本处境和日常生活负责任，你要在这样的世界和生活里获得应有的现实感和时代感，即使你写的是先秦两汉和唐宋的故事，你也需要把此时代的感觉和认识带回到对历史的反思中去。福柯说，重要的不是故事讲述的时代，重要的是讲述故事的时代。此之谓也。这也是一个作家存在的意义。至于方法论，肯定有，我的确是一个比较在意方法论的作家。比如关于北京的小说，这些年我一直在琢磨，这个城市的城市性究竟是什么，城市与人的关系究竟有多复杂，我该如何表达才最为合适。世界观重要，方法论同样重要。

每个作家的“情怀”都既有大也有小

从文学传统和主流意识形态的规约意愿来看，中国的确是个现实主义文学的大国；从当下文学生产的样态来看，中国也的确是个现实主义文学大国；不过我理解你的意思，那就是，如此漫山遍野无以计数的所谓“现实主义文学”，并没有令人满意地表达出我们的现实。的确应该抱歉，作家们在很多方面让读者失望了。

问题出在哪里？除了一些人所共知的原因，作家本身难辞其咎，当然，肯定包括我在内。我们的现实感和时代感有可能是虚伪的，它跟现实和时代是错位的，甚至是八竿子打不着的；如果你“在而不在”，如果你看了但根本就没能力看清楚，如果你看清楚了却没能力表达出来，那你的现实主义也没法扎下根来。

我相信每个作家的“情怀”都既有大也有小，大可至经天纬地、“铁肩担道义”“为天地立心、为生民立命”，小可能是仅为自娱，像养条小狗当宠物哄自己开心；而且这个“情怀”因为各种原因，很多时间内是在大和小之间滑动的。但不管大还是小，一个决意精进的作家，肯定会尽力锤炼自己的艺术，并且一直在努力寻找自己、自己的文学表达与这个世界之间最恰切的对应关系——他首先要做好艺术的本职工作。这一点做不好，“情怀”就是一句空话，无所附丽。

过去和现在其实都是意识形态和市场的双重影响，只是意识形态和市场的概念因时而异，不同时代两者的影响大小不同而已。现在大家似乎更关注市场，如你所说，更关注能不能让自己吃得更好。但关注市场不等于向市场缴枪。

据我所知，很多作家貌似在关注市场，其实在乎的并非只有版税，更是希望自己的声音能被更多人听到。既然是面对世界有话要说，求其友声，当然希望能够得到更多的呼应，多多益善。市场对我的诱惑力没那么大，我很清楚我的读者有多少，我只希望，在可能的“被阅读”中，有效的阅读更多一些。

文学是一个人面对世界的方式

《耶路撒冷》写了六年。现在回头看，把我自己也吓了一跳，这么长时间我主要只在做这一件事，还是有点小自豪的。时间挺摧毁人的，我坐定了六年，挺住了。篇幅大小不重要，重要的是这个篇幅与你要表达的东西是否匹配，多了或者少了，都是失败。我觉得我基本上对得起这个篇幅。

写作是个探索和寻找的过程，结果肯定会跟出发时的期待和预设有差异，中间出现了很多不曾预料的困难，包括“六年”，包括小说的结构，前后推翻过三次。小说里穿插的偶数章的十个专栏也颇费思量，这十个专栏的写作就花了我整整一年的时间，还不包括之前做的一些调研、访问和思考。不过这个过程也很美妙，就像与一个人相遇，然后磨合、相知，终由陌路变成如影随形，不分彼此。

对我来说，小说的题目很重要，题目取不好，我就写不下去，我也极少在小说完成之后改题目。题目的确是灯塔，不管走多远我得看得见它，整个小说是在题目的辐射之下运行的。

很多读者以为故事发生在以色列，还问过诸如我是否去过以色列这样的问题。这个题目先于小说很久就有了。很多年里我都在想，一定要写一部题为《耶路撒冷》的小说，因为我对这个城市、对这城市名字的汉语字形和发音十分喜欢，很小的时候就着迷。这些小说中都借着主人公初平阳之口说出来了。也许你也会有这样的经历，会莫名其妙地喜欢一些字词和名字，即使你对这些字词的含义一无所知。对小说里的人物来说，耶路撒冷意味着信仰、救赎，意味着自我安妥和从容放松，意味着精神和生活的返璞归真。没有这个耶路撒冷，小说就无法成立。

耶路撒冷是世界上我最喜欢的几座城市之一。另外几座城市是：伊斯坦布尔、阿姆斯特丹和圣彼得堡。这种喜欢有道理也没道理。开始就是感觉好，为什么好，说不清。可能是因为发音，可能是汉字本身之美，也可能是寄托了某种想往和愿望。前面说了喜欢“耶路撒冷”四个字的原因，至于这座城市，作为三教合一的圣城，肯定是我无比敬仰和向往的，还有，我喜欢有石头、有方方正正的大石头的城市。在构思、准备和写作这部小说的整个过程中，我看了无数关于耶路撒冷的影像和文字资料，应该说对这个城市已经十分熟悉了，但头脑中挥之不去的，一直是耶路撒冷的石头——黑石头和白石头。

《耶路撒冷》中，我尽力梳理一代人的经验和精神脉络，但仅限于我的思索和发现，以及我所访问过的各个阶层和职业的

“70后”（有大陆的，也有港澳台的，还有一些这个年龄段的外国人，我相信很多问题是我们共同面临的），整部小说我都在忠实地表达我（和我们的）的困惑和发现，以及我认为可能会出现的众多问题。一个人的表达，供读者参考和批评。没有人需要我来代表，我不代表也不能代表别人，对集体主义式的写作我向来充满怀疑。文学是一个人面对世界的方式，它要从一个人的、独特的角度切入这个世界，带着个人辗转的疑难、洞见和体温。如此，作家和文学的存在才有意义，才有其必要性。

张执浩，男，1965年生于湖北荆门，现为《汉诗》执行主编。著有长篇小说《试图与生活和解》《天堂施工队》《水穷处》，中短篇小说集《去动物园看人》，诗集《苦于赞美》《动物之心》和《撞身取暖》，随笔集《时光练习簿》等。

张执浩

—

真正的诗人不会看破红尘

我不是装腔作调的诗人

我的写作基本上是敞开的，我也几乎从不将文学视为我生活的掩体，而是与我个人的生活状态保持同步。这与我的生活经历有关系，我基本上是一个居家男人，很少外出。并不是我乐于这样被日常琐事绊住，而是被迫面对担当。

早期我独自带女儿很长时间，后来这十年又被一只狗牵住了，原本可以出去游玩，但现实总令我不能长时间出门。好在我不爱抱怨，我用另外一些东西把怨戾之气化解掉了。我甚至认为，也许这就是我认知命运的一条通道。我的作品中充满了人间烟火的味道，我的诗歌发出的不是抱怨的声音，而是用尽可能平和的语调传递生活的一种热情。这可能是我和很多写作者的不同之处。

我是一个非常正常的诗人，没有高烧也没有哆嗦发冷，而是用一种正常人的体温在写作，不装腔作调，所以我的诗歌语言不可能呓语，我喜欢尽量用日常口语写作，保持语言最大限度的亲和力。所谓“小东西”，其实就是日常生活中的细节，你只有让生活慢下来，放大，才能洞见日常中所缊含的“诗意”。我认为，这些细小的东西，才是上帝真正的杰作。

在钢筋水泥中渗透进来一些诗意

《汉诗》做了七年，现在正在编第二十六卷。我原本打算做几期算了，现在看来一时半会儿还脱不开身。我反复讲，现代刊物（杂志）不能再像以前那样当做“园地”或“阵地”了，现代刊物只是一个平台，这个平台看得见的部分应该非常结实. 此外，它还有虚拟的看不见的那一部分，那部分是这个平台的延伸，而且会越来越重要。

我和同仁们最近几年就抱着这样的想法做《汉诗》，除了编辑出版纸质书外，最重要的就是利用这个平台做了很多有意义的事情，譬如“汉诗进高校”，譬如“公共空间诗歌”系列活动。这样就使得《汉诗》周围云集了一批同道，大大提升了一座城市的诗歌地位，当然最主要的是，逐渐改变了武汉这座城市的文学生态环境，在钢筋水泥中渗透进来一些诗意的东西。

如果说，做这些工作完全没有影响自我创作，这不是事实。影响肯定有，但当你把一些关系梳理清楚后，很多事情就容易多了。这其实也是我们写作的一部分，你要去面对你从前不愿面对的，而不是躲在书斋里“面壁”而作。

我不是研究者，不太关注“文学史”，只是一个写作者。但完全否认个人的写作与此无关是不可能的，无论哪种写作，都不会是空穴来风。我在写作的各个时期都有自己内心的参照者，倒不是“尺度”和“敌人”，而是把感兴趣的对象作为另外一种源头来对待。我的诗歌很难看出受哪一位诗人的影响，而是受很多人的影响，最终是自己推动自己。

“第一线”诗人一直是《汉诗》的主要作者群，今后我们也不会去改变。现在的问题是，我们已经做了这些年，需要不时有个“小结”之类的东西，将撒出去的网时不时地往回收扯一下，就像有经验的老渔翁那样，我们会调整一下办刊思路。另外，我们正在做一本《汉诗年鉴》。其实早就在做了，为什么一直没有出来呢？就是想真正地和其他的“年鉴”、“选本”拉开距离，真实反映出当下汉语诗歌的前沿面貌，而不是部分侧影。

诗歌不仅没有死，而且也死不了

我现在越来越坚信，诗歌是写不出来的，但诗歌的现身需要诗人时刻保持身心的感受力，需要诗人的耐心，在等候中积蓄力量。我在最近的一篇小文中谈到自己的体会：一首好诗降临时，诗人瞬间便成了上帝的宠儿，上帝给他一个提示音，而警醒着的他正好有听见又感受到这个声音召唤的能力。接下来诗人的工作就是要将召唤变成复活。从那一刻起，他身心的通道将全部打开，他一生积攒的词语将携带着各种情感从他脑海呼啸而过，每一次看似漫不经意的攫取都是对他内心修为的深刻考验。

这种考验，其实就是你的生活阅历，你对待生活的态度。语言呈现的方式从来不会与诗人的内心世界脱节。当我说我希望自己能够“目及成诗，脱口而出”的时候，实际上我是在警示自己：做一个主动的生活者，做一个被动的写作者。

有人写作一出手就是清晰的，而有些写作者需要慢慢显现。我大概属于后者。《宽阔》这本集子收录了一百六十八首诗，其中有五十九首是最近三年的作品。我相信，近几年我已经在强化我个人对诗歌的理解，也试图拉开与同期写作者之间的距离。所以，当我将这些作品辑录在一起的时候，个人的写作面貌就清晰起来了。

你既能从这本书里读到我的变化，也可以看出我为什么会有这样的变化，这变化与我内心的生活非常吻合。臧棣作为一个敏锐的诗人评论家，一下子就切中了要害，他说，我的诗歌是与生活达成了友谊。这无疑是准确的，而很多当下的写作者并不愿意也不想这样做。我认为，在写作路数上没有高下，只有差异性。

我曾说过一句话，叫“诗歌已经转世了”，这句话主要是针对很多对当代汉诗误解的人说的。误解主要来自两方面：一是“诗歌已经死了，至少没有什么人读了”；二是“汉语诗歌应该回到古典格律诗词方向上去”。在我看来，诗歌不仅没有死，而且也死不了。

一个时代有一个时代的语言形态，而诗歌作为一种语言的极致体验、一种表现人类情感的高峰体验，它怎么可能死呢？产生这种疑虑的原因很多，最显明的源头还是现行的教育制度，让当代人的身心里缺乏当代的情感表达通道。因此，一提到“诗歌”，很多人马上就缩回到了古典诗词的惯性中。

事实上，人类语言形体不止经历过一次转世，也经历过多次转世，从四言到五言、七言，再到词、曲、白话等等，现代汉诗就是从白话到口语的再一次“转世”。在反复的“转世”中，诗歌的核心并没有丢失，它只是以另外的形体出现在公众的视野里，如果不经受应有的文学教养，你根本就认不出来。而且我相信，它今后还会“转世”。“转世”不是死，而是重生和再生。

人与自然的关系，是当代汉语诗歌面临的最重要的挑战之一。在文学中，写作者的内心深处，主观与客观的比例配额经常是相互置换的。即便是同一个诗人，当他面对不同的日常生活处境，他也会采取不同的表现形式。

简单地比照说，当代诗歌的主体过于强大，古典诗歌更乐于依附于客体，并以此作为新旧诗歌“最深刻的区别”，我觉得值得商榷。若是将此论作为中国诗歌与欧美诗歌的分野，或许更恰当吧。我认为，现代汉诗的血脉依然存在，也就是说我们还没有完全将自然物象视为内心的敌对面，还存在和解甚至和谐相处的可能性，至少心存类似的渴望。

把一些古典的诗人作品变成纯粹的审美，实际上要分析这样一些作品背后所独立的人格力量，包括杜甫的诗全部是自产，很多西方欧美的诗人在七八十岁反而越写越好，但是中国诗人特别是现当代诗人只能写到五十岁左右，写作的年限非常短。我认为他们是半个诗人，不是老而弥坚的状态。

诗歌能否“深刻”并不是衡量一首诗歌好坏的标准。我说过，我没有思想，我只有想法。一首诗歌是否有价值，要看它对我们庸常的生活是否真正有所发现，而且这样的发现能否让人从昏睡的状态中醒来，并觉悟生命的意义。我不会为了追求所谓的“深刻”而去写作，它不是文学的根本要义。因为当你有宽阔的胸怀心境之后，深刻会随之而来。文学的根本命题可能还在于，它要为我们找到人之为人的道理。

赵德明，1939年出生，北京大学西班牙语教授。他是最早把秘鲁、西班牙双重国籍作家马里奥•巴尔加斯•略萨（Mario Vargas Llosa）的作品译成中文的中国西班牙语文学研究者。

赵德明

——

军事政变下的拉美文学

在学界，我们提到西班牙或拉美作家的话，基本上是用全称；但到了中国普通读者这里，为了省时间，就把作家全称掐头去尾了，这曾经闹过很多不愉快的事情。加西亚·马尔克斯在写《百年孤独》之前，有过十七年的时间专门写短篇小说和中篇小说。那些小说积累起来，无论是写作技巧，还是通过对它们的重读、修改，让自己得到拓展以后，才逐渐形成了《百年孤独》。这个事情在咱们中国说得不明白，以为好像加西亚·马尔克斯突然间就写出了《百年孤独》，其实不是这样的。《百年孤独》送到阿根廷去出版的时间是1965年，第一次给一个出版社，居然被退稿，加西亚·马尔克斯拿他的《百年孤独》是一种试着投稿的心理。虽然他倾尽全力呕心沥血写了《百年孤独》，但送去出版时，他心里还是忐忑的，也并不知道能不能成功。但另外一家出版社看了以后，觉得这本书不错，但第一次印刷只印了五百本，这就是《百年孤独》的命运。是因为政治原因，加西亚·马尔克斯被迫流亡到墨西哥，当时他的经济和心情都很糟糕。从文学角度研究加西亚•马尔克斯和罗贝托•波拉尼奥的文学创作，有一点点相似之处。

波拉尼奥也是先写了大量的诗歌、散文、短篇小说、中篇，到2002年写出这样一部全景式的大作。这里给我们一个启示，他们完成这样的巅峰之作不是一蹴而就，而是日积月累。加西亚•马尔克斯是积累了十七年才完成的，而波拉尼奥也至少积累了十几年的时间。从墨西哥到巴塞罗那，这些人、这些事，在他们脑海里面是反复掂量、反复塑造，最后才出来了这样一个全景，这样一个视野，这样一个大舞台。

另外，作家本人对他的作品也有一个认识的过程，比如说像加西亚•马尔克斯的《百年孤独》中一个没人给他写信的上校，最早出现在一个短篇小说中，后来写成中篇，又在《百年孤独》里成为上校这样的人物。在这个过程中，加西亚•马尔克斯在反复雕琢、修饰、提炼，随着时间的推移，他要对这个人物的方方面面要反复认识、反复思考、打磨，如果不是静下心来全身心投入写作，不是非常热爱他心中这些人物的话，就写不出这么好的作品来。所以无论《百年孤独》也好，《2666》也好，都是经过长时间打磨，最后写成这样一个宏伟著作的，不是突然之间冒出来一个《百年孤独》或者《2666》。如果要想理解《百年孤独》的话，必须读加西亚•马尔克斯的中短篇小说集，也是上海某出版社出的；如果要读懂《2666》，必须读他的其他的长篇、中篇和他的短篇，这得感谢世纪文景，他们很快就要出他的短篇小说集《护身符》和其他的一些长篇。其实如果从阅读的顺序来讲，我个人认为要读懂《2666》，恰恰要先读它的短篇、中篇、长篇，这样就可以很深入了。

关于大的流派，拉丁美洲文学流派的提出者、倡导者、推行者，然后到这样一个流派的告别舞台，中间有这样一个过程：有的是从欧洲引进的，像法国超现实主义到了拉美，推动了拉美的小说思考自我的意义，这大约是拉美文学在20世纪30年代左右发生的。因为从30年代的背景来看，拉美处于共和国刚成立三五十年的时期，19世纪中下叶各个共和国才开始告别了殖民地。像阿根廷共和国，像墨西哥共和国，像智利共和国。经过一番征战，拉美真正进入经济文化建设，经济开始出现端倪，并且走向繁荣的阶段是在20世纪初。我讲一个最简单的例子，来说明它繁荣的程度，阿根廷当时是世界上的首富，何以证明这一点呢？20世纪初，像博尔赫斯出生在1899年，但在1914年的时候，他家里富裕到什么程度呢？他爸爸是一个医生，可以带着全家长期住在瑞士，也就是说一个医生的收入，可以用于长期生活在很富裕的瑞士，所以他的整个国民生活水平，在当时的全世界是最高的。拉美的资源很丰富，又由于欧洲对拉美的各种需求，所以就很稳定。在这个时期作为文化人，尤其是文学界里有一个思考：我们在经济上已经步入正轨了，现在又是政体上独立的共和国，那么我们在文化上如何？这是很多作家思考的问题。从那时起，拉美就开始出现以乡土地区为开端，走向带有自己民族特色的文化，像音乐、艺术、文学、诗歌。这个时候才出现了现实主义诗歌，这在19世纪末进入了一个高峰期，之后现实主义开始不断发展。

大视野比照下的旷世之作

到了1959年古巴革命胜利，出现了另外一个现象，叫做“拉丁美洲觉悟”。它提倡拉美人要掌握拉美自己的命运，拉美的文化应该有拉美文化的特色。如果再写乡土，再写一个区域的话，说老实话有些小家子气，是在小舞台上展示小我。有的时候文学作品常常不能表明你这个特质，不能表明自我的根本特征是什么，就是因为你这个视野太窄了，乡土很容易是一亩三分地的概念。那时拉美文人正在拓展，探讨自我命运和生命的共性。所以古巴拉丁美洲的觉悟是一个号角，拉丁美洲人开始有能力解决自己政治方面的问题，所以从1960年开始到文学爆炸，和这个是相呼应的一个时间。不是简单因为古巴革命了，我就有文化诉求了，它是一个整体的，寻找文化意识、自我意识到一个阶段之后，才出现的一批左派的文学青年，又能写、又能鼓动、又能宣传。这个时间段，好作品纷纷出来了，但也恰恰是这时候发生了一系列军事政变，像智利、阿根廷、巴西，出现了一种政治上的反复和大动荡。而这些，就更迫使这些文学青年思考，出现了大量从拉美走出去流亡的现象。在这种情况下，政治上的变动、经济上的变动、自己经历上的变动，就迫使这些人思考一个问题，那就是拉美与欧洲、与美国的关系，拉美与世界的关系，拉美与人类命运的关系，这个认识是逐步拓展的。在这种情况下文学要表现一种全球观念，就必须有这样一个大舞台，要在篇幅上、人物上，进行这种全景式写作。

但是这具体是由谁提出的？我知道的有巴尔加斯•略萨。在20世纪90年代里，从作品来讲，他开始从国家的一乡一地写到阿根廷、写到欧洲、写到美国。1999年我们去考察阿根廷、智利、墨西哥、古巴图书市场的时候，就感觉到是在历史上游走。这些国家本身从历史上看，是很难划界的。既然如此，他们就有很多共同的地方。所有这些个人的变动和社会的大变动，培养了这样一种全景式的视野，才有可能写这种作品。等到他们基本上稳定下来了，再有那些流亡归属地作家聚在一起的时候，就会很感慨政治大变动对他们的影响；个人文学上的怀才不遇，以及社会大变动中境遇的相同；还有就是这些左派青年对寡头垄断的愤怒，那些上一辈人已经功成名就，占据文坛，无形中就对这些一九五几年出生的人产生压制或者压抑。在波拉尼奥的短篇小说里都有明显的这种诉求和抱怨。这些东西积累起来以后，才有可能逐渐培养出来一种走在哪国都不是这样的情绪，他有这样一种感触才能追求。所以全景式文学或者说总体式文学，不是简单的文学性，而是一种文学追求，是不满足一乡一地式的写作的结果，也是一种心情和心理上的宣泄。

学习传统，但与传统决裂

如今，20世纪50年代出生的波拉尼奥们已经属于父辈了；而卡洛斯•富恩特斯是1928年生的，是属于爷爷辈的。我们可以看到，这三代人的写作有一种自然的承接和反承接的关系。也就是说，博尔赫斯是祖宗辈，因为巴尔加斯•略萨都向博尔赫斯学习，但学好之后，他不能跟在博尔赫斯后头走了。拉丁美洲在这一点上来讲，爷爷也好，爸爸也好，孙子也好，有这么一个好的文化传统，就叫做“与传统决裂”。这也变成一个传统，但是这个传统的名字，西班牙语叫做与传统决裂。这种文化基因在一代一代人身上，变成了一种常在因素。不是说爷爷啊，我不向你学习，我肯定向你学习，但是学完了以后不跟着你；爸爸啊，你很好，我向你学习，但是我不走你那条路，我另辟蹊径。所以文化基因里的这种特质，作为中西方文化对比的话，很值得我们关注。

我学习外语的时候明确得很，就是报效祖国，为中西文化交流。我知道我自己就是一个桥梁，虽然现在可能老朽了。我在巴西教过书，那时我说，自己是老的木头桥，我这一辈子就让你们走来走去，巴西人通过我这个桥梁走到中国去，中国有兴趣的可以走到你们当中来。从1978、1979年开始，我开始研究巴尔加斯•略萨，翻译过、研究过他的很多作品，也给学生上过他的课。我研究的目的非常明确，我要（把他）和我们的文化基因、文学、思维方式要进行比较，虽然我可能比较得很肤浅，但我心中必须有这样的一个参照系数，所以在我的朋友里，比如说像阎连科、刘震云、莫言都是可以倾心交谈的，我很关心他们的创作。但为什么我会关注“80后”、“90后”的写作呢？很简单，因为它是代代相承的。如果说西域世界里有这样一个既传承又反传承的传统，那么我们这样一个文化传承的关系是什么？我就要看看，你这个爷爷是了孙子，还是像波拉尼奥们一样，抱怨那些大叔遮蔽了他们的发展，造成了他们的不愉快？这时候可要注意了。因为文化舞台也好，文坛也好，老一辈的毕竟要退出去。我现在讲这个，因为我头发白了；如果我是小青年，可能大家会觉得好像在跟谁争什么，但以我现在的年龄，告别舞台是正常现象，坐在这儿霸占着文坛倒是反常现象。为什么要反自然？一代一代人，长江后浪推前浪，一代新人换旧人，这是自然规律。早晚您得走，要从五十岁以后放宽心，不要都七老八十了，你还往那儿一坐，这样人家都不敢说话了，这很不好，不符合世界文化发展的潮流。所以从这个意义上来讲，我很关注这两种文化体系，偶然文化体系与传统机制发展等等。这样就看出很多很有意思的东西，但我的感受比较零碎，不系统，常常只在一些小文章，忆后记里稍稍提起。

拉美文学是中国文学青年的一杯香茶

中国的拉丁美洲文学热，因为和像莫言、刘震云、阎连科、赵德发谈得比较多，从他们的角度来讲，倒觉得主要问题出在中国这块文化土壤上。也就是当我们很渴很渴的时候，来了一杯矿泉水或者一杯香茶。我们必须回到1978、1979年这样一个时代和历史特征上来讲。那时“文革”刚结束不久，刚才我们所说的这些作家，当时还都是小青年，他们写出来了一些东西，也想崭露头角，但也不太甘心。这一点很像很像刚才我叙说的西域世界的那种关系，他想另辟蹊径，告别传统，但是向哪学呢？正好在这个时候，传来了包括拉美文学在内的很多外国文学作品，比如英美、后现代都进来了。这时他们才知道，原来戏剧可以这样写，小说可以这样写。这么一个声音，和巴尔加斯·略萨那一代、卡洛斯·富恩特斯那一代、博尔赫斯那一代说的话一模一样，这就有一个比照了。那一辈人小说可以这样写，用各种视角，破坏了之前线性的、单一的、偏激的、片面的叙事，而变成了多视角、全方位的叙事。

我在1978、1979年的时候，读到巴尔加斯·略萨的《城市与狗》，这是他的处女作，也是我接触到的他的第一部长篇小说，之前我从没读过这样的小说。以前中国传统的小说，没有开场上来一会儿是独白，一会儿是梦幻，一会儿是蒙太奇剪接等等，也没有这种拼接式的、结构式的叙述。这种方法很新奇，以前没见过，很陌生，读不懂。我们当时有一位秘鲁的文学专家，他很熟悉那一套，就帮忙解读，给我们扫盲。当我们初步读懂，再把它翻译出来的时候，就已经有一点点心有灵犀的感觉了。我希望提醒读者，请注意啊，中国作家们，另外一种文学来了。你们看的这种文学会有一种感觉：啊？小说可以这样写？小说确实可以这样写，这是拉美文学爆炸的一代，博尔赫斯们的先锋派，他们写小说是一种创新突破，如果你在人家的基础上，还抄人家的，没有出息。所以你真的要是继承传统，就必须反传统。从这一点来讲，我们在“文革”后的作家清楚地知道我们要另辟蹊径了，所以那会儿就出现了一批优秀作家。包括后来“80后”的作家，虽然我研究得不够，但是我感觉他们也是在另辟蹊径。文学的生命就在于创新，真正的好文学，就是要不断地花样翻新，即使多伟大我也不会重复，你是文学大师，我就要超越你，我就要突破你，我就是我，谁都代替不了我。这就是文学的生命，或文学的特质。随着时间大潮，我感觉全世界的共同语言越来越多了，我在翻译《2666》时觉得很亲切，当年我翻译博尔赫斯《曲径分岔的花园》时候，我感到很陌生，虽然我弄懂了它，也喜欢了它，但依然感觉有隔路。然而从1990年到2011年，我翻译了十来部不同作家的作品，包括拉美20世纪的“80后”、“90后”作家，我感到很亲切，因为他们的青年生活我们这里都有，包括生活方式和语言，这就是为什么翻《2666》的时候，有那么一种熟悉和似曾相识的感觉。地球上共处的机会，由于空间、交通、信息等等手段的改善越来越多，反映到文化和文学上，自然包括我们现在使用的语言，中国汉语创作的语言，有很多都是国际通用的东西。很可能新千年的作家们到二三十岁写作的时候，又和80后、90后完全不同了。他们会充分利用信息、媒体、全球化。如果他们出去走一圈，观感、看法可能都变了，那会儿他写作的东西，就是那种所谓世界公民的这种感觉，条件有了，他就写作了。那会儿再想回到乡土，说老实话很困难了。

最后我想说的是，乡土和地球的关系。《2666》里有很多乡土，很多细节。最后一章阿琴波尔迪，那就是德国的乡土；还有智利教授在迪尔也有很多乡土；到第四部分，很多是圣特蕾莎的乡土。但是这种乡土放在那儿是真功夫，一定要从乡土的细节见大，而这个见大的功夫，一定要有文艺上的、世界上的、人身上的、观念上的突破，没有这个突破不会一下见大的。但是所有的大，一定要通过小来表现，这个大视野就是人同此心。像价值观，是自私自利，还是有利于他人？这是全球性的。你遵循的是以善待人还是对人施暴，这是你的准则。如果把握了这些，再写细节，味道就不一样了。如果你只写一亩三分地的维权，不懂得你个人的权利和群体权利、社区权利间的关系，也不懂得这些和社会、和民族、和人类的关系，那就是小视野、小家子气；反过来讲，你有大视野了，有全球公民的东西，你拿什么去具体表现？必须要回到你那个一亩三分地。这样一种关系，从小到大，从大到小，这是真功夫，是磨炼作家的真功夫。一个细节如果没有一种胸怀全局的雄心，这个细节就瞎掰了，关键的地方你也扔了。但是反过来讲，有全局观念，没有关键细节的把握，你那个全局感是空的。这在《2666》来讲可以读出来。

马尔克斯，还有博尔赫斯，这一代人对于波拉尼奥他们有一个关系，这个关系在他的短篇小说里，我举一个具体小故事就有意思了。有一篇叫《舞蹈证》，写这一篇的时候，专门用数码的方法，比如说50、51、52、53、54，他居然连着好几个数码说聂鲁达的事情，表达他对聂鲁达的那种愤怒。但是聂鲁达有没有想过，那种假的道法自然的嘴脸背后，给下一代人的伤害？他在文坛时对我们堂而皇之的训诫，他的那些诗歌创作以及政治行为对我们的影响，是在蒙骗我们这一代，因为后来我们发现，他的其他方面不是那么回事，是个伪君子。但是这种情绪到了《2666》里就淡化了，只是那四个作家，这就表明波拉尼奥从短篇小说向鸿篇巨制的转变上在认识上的跨越。你们这些教授和文学评论家不过如此，你们骨子里就是那点玩意儿，假清高，觉得自己高人一等，但是实际在文化理念上，他们并不理解底层的人们。《2666》的态度，可以看出波拉尼奥自己超越了，他开始走向理性、冷静之路来判断这些人了，这就是一个变化。

波拉尼奥在《护身符》里头又专门写了这样一个角色，这个人不爱说话，但是很有才干，可是还要给人家打工，住在荒野地里头。因为大家都是诗友，所以想去看看这个小朋友住在哪，十七岁一个写诗歌的小朋友，住在破茅屋里头，但是一看他的诗稿，却真是有才华。在短片里，这个人物传达怀才不遇、受到压抑的感觉，是在指责没有一个发掘人才、培养人才的平台。但这样一个故事到了《2666》演化成了什么？就是智利的教授，他也是一个郁闷、怀才不遇但很有才华的教授。但所有的这种郁闷，他是不断在净化和成熟。所以希望大家长期关注波拉尼奥的其他作品，把它作为一个整体来读，这样才好读懂《荒野侦探》，才好读懂《2666》，然后通过文学作品本身，再读出这些故事背后的东西。我现在也仅仅是刚刚开始翻译和了解波拉尼奥，还属于初级阶段。

严歌苓，作家、编剧。代表作有长篇小说《第九个寡妇》《小姨多鹤》《一个女人的史诗》《扶桑》等，短篇小说《天浴》《少女小渔》《女房东》等。

严歌苓

—

文学不会爱你

写作是孤独的单恋，文学不会爱你

《床畔》讲述的是一个女护士与一位“活烈士”的故事，护士万红坚持的过程很像我一直对小说的坚持过程。这部作品从起笔到付梓花了二十年时间，很多次我觉得写不出来了。我前十几年都是在一个国家住几年又搬走，每次搬家都要装箱再拆箱。这次在柏林，有一天突然有了心情把箱子打开，里面放了很多没有写完的手稿。我看看哪个原稿我还有激情能继续写，当翻出这个作品就一阵心疼，好像是一种始终没有完成的始终没有达到的恋爱，但又不知道怎么把它进行下去。这是我虚构的一个故事，始终觉得这个故事真好，但是总达不到我脑子里那种“真好”的标准。

最后一次不容我多想什么了，反正赶快交稿吧。当我读到校对稿的时候，才是一次完整地全面地认识这个作品。我读的时候真是泣不成声，深深地体会到“孤独”。实际文学不会爱你，只有你来爱文学，一个作家对文学的单恋，很像小说的女主人公护士万红，一直坚守这个英雄植物人，得不到回报。真像一个人和神，一个人和文学和一种信仰的关系，没有多少互动，只是单方面的投入。这种孤独可能万红知道，我知道，任何一个可以懂得和欣赏孤独的人都会知道。

英雄像赘肉被嫌弃，到底哪错了

时代变了，英雄的概念也不断在变，但英雄有一种亘古的定义，那就是超乎寻常的美德，超乎寻常的勇敢、无私，放在任何一个时代不能说这不是英雄的品质。张连长是英雄，护士无私地坚守张连长，不也是英雄？不能因为需要他是英雄的时候，大家认为他是活着的，不需要他是英雄的时候，他就是一块多余的赘肉。难道今天中国的社会不是这样吗？急功近利的。

一个作者很难说喜不喜欢自己的作品，哪怕能够想象社会可能会不怎么喜欢这个孩子，但是她就特别溺爱这个孩子。这个作品那么内向，那么形而上，我觉得它很可能会遭到逆境，所以对它格外怜爱。

对生命价值的尊重，在这个小说里面是非常明显的。英雄是生命，他被你们认为不是英雄，过时的英雄，被你们认为是一块赘肉，是一块不好移动的枷具。在我生命当中，他生命的价值像过去一样是伟大的，不可以遗弃他。

在我的少年时代，军人是我们心目中最伟大的人。记得小的时候，我不是红小兵，但是要在台上演红小兵。扮演红小兵就必须要穿上他们的服装，戴上红小兵的红袖标。当时有一个小朋友，本身是非常霸道的混世魔王，“她不是红小兵”，腾腾腾冲上台来把我的红小兵的袖标揪掉了，“她是冒充的”。当时起哄的人很多。有一个军人上来了，“你干吗欺负她啊？让她好好演，让她演完吧。”这个军人一干涉，下面全傻了，觉得解放军来主持公道的话，这个公道就出现了。我当时特别崇尚解放军，当然没有一个人不崇尚解放军的，所以我就去当了一名解放军。我觉得当了解放军以后所有的邪恶势力，所有的强势都不可能再欺负我了。

我们的国家没有英雄是不能走到今天的，这个国家的历史就是建筑在这样一个英雄主义的观念上的。为什么大家反感它？因为真英雄和假英雄搞到一起去了。比如说有一些真的英雄，把很多本来不属于他的资料弄上去，把他塑造成一个高大全的完人，这种塑造的过程是造假的过程。强调的太多以后，使得人们觉得“英雄主义”这件事可疑。

我当铁道兵下部队的时候，有个连长日日夜夜都睡在山洞里，他怕出什么事从上面跑五六百个台阶跑不下来。每天开炮和打钻的声音不断，一旦停了他就醒了。在修建成昆线那么艰难的情况下，如果没有这样忘我的战士，这么多的隧道，谁来打？当了铁道兵以后，我才知道铁道兵是和平年代的英雄，太多的人都是默默无闻地死去，谁也不知道他们是谁，难道他们不是英雄吗？我们坐着成昆线铁路的时候你不应该怀念他们吗？每一条砧木就是一个战士。

过去除了本我就是超我，现在自我反弹了

过去，我很爱看弗洛伊德，现在觉得这个人太过时了。特别是这次我到了奥地利参观弗洛伊德的家，已经成为陈列馆，他当时被纳粹驱逐出奥地利。他说，其实人的人格就是三种。从小是“本能”。长大了知道“自我”，有自我保护或者争取自己利益的意识。一个人活着就是为了要争得自己的利益，但是在什么样的情况下不伤害他人的利益。但我们国家没有的，一个人除了“本能”就是“超自我”。“超自我”是一种神性变成英雄主义，从人格飞跃出去的。

人性必须是有这样几种发展和成长。过去无视“自我”的时间太长。现在的孩子“自我”抬头了，就全是自我了，这是一种反弹，一种矫枉过正。太饿了要放开吃一顿，束缚得太紧了要打个滚，他们反过来会再找自己该做人的方向。我觉得不应该人工地去做任何事情，所有人性里最光辉、最伟大的那部分，让它自己去复苏吧，不要去强调。

女儿不学中文会很心碎，但不会强迫

我女儿现在没法读我的书，她认的字太少了，一般的歌谣都

读不下来。这对她来说是一种刺激，她应该知道我有很多思考放在作品里，可以说那是我更重要的一部分。不光了解我的生活，还要了解我的作品。她母亲的人格，她必须知道。我爸爸所有的作品我都读过，一个孩子不读自己父母的作品，那不太遗憾了吗？这是我来刺激她的，但她将来不读我的作品，也无所谓。但是我认为一个中国人不会说中文，是非常非常大的缺陷，长了一张中国面孔却很蔑视中文或者很忽略中文，这不是很糟糕？我总跟她说，五十个人中就有一个人会讲中文，你不会讲，作为绝大多数人讲的语言你不会了。我用很多的办法来鼓励她、刺激她学中文。

小孩有时候要刺激她的想象力，要让她意识中国人人数众多强大，中文这么普及。小孩是不想落单的，她要从众，鼓励让她学中文，任何方法让她学中文我都是很高兴。但我希望是一回事，她能够学到什么程度我又不能强迫她，把她的生活搞的苦难重重。她现在还是想干吗就干吗。西方的教育方式不是非得让她干嘛。她不愿意了，咱们讲讲清楚，你真不愿意，那我很心碎，但是这是你的选择，我不会干扰太多。

我英文写作就出过一本书，没时间写英文，英国、美国的出版社不催稿，但现在后面五六个中文出版社追着，我这个人是很难说不的，所以就写中文了。我的代理人常常提醒我，你2007年出的英文小说吧？应该再写本英文小说了。

中国语言和全世界语言之间存在一个巨大的鸿沟，很多微妙的意思在翻译中失去。我就讲一个例子，最近我看《小姨多鹤》的校对，原话是“天下老娘们都爱扯皮条”，翻译把“扯皮条”变成“天下的老女人把做媒当成她们的责任”。你想这当中有多大的区别，东北话里面这种味道不能够翻译过去，这些是我非常头疼的地方。我心想什么时候他们才会对中国语言的熟悉程度到了“感觉”，语言是一种感觉，有时候不是知识而是感觉。能够找到一个说法，可能不是直译过来的，是感觉上找到一种文化上的平行的词来表达。类似情况是很多的，不能对比原著，光看英文故事也还蛮好看的，而一对比原著发现语言当中有很多麻辣味、鲜味都失去了。

二、舞台是宇宙的中心

白先勇，1937年生于广西桂林，台湾作家。代表作有短篇小说集《寂寞的十七岁》《台北人》《纽约客》，散文集《蓦然回首》，长篇小说《孽子》等。

白先勇

—

如果有条件，我宁愿组个戏班

昆曲是一个综合艺术

我生平第一次接触昆曲是在1945年，差不多是在九岁，刚好在上海有幸看到一场梅兰芳和俞振飞大师的戏，演《牡丹亭》里面的一折《游园·惊梦》，从此之后和昆曲、和《牡丹亭》结下几十年的缘分。当然我小时候并不懂，但是印象很深。后来我到台湾去了，台湾有些曲友，学校里面的曲社还有一些剧团在演昆曲，都是一些折子戏，还有一些曲友的雅剧，接触的机会并不多。1947年我离开大陆，三十九年后再回来，在上海看到了上昆《长生殿》的全本，看完非常兴奋，同年马上到南京去看张继青《牡丹亭》的折子戏，过了几十年又接上了。1987年之前在台湾的时候也一直关心昆曲，1983年我在台湾也参加制作过昆曲，那时候制作的是《牡丹亭》里面的两折，台湾演员演的。

台湾有很多曲社团体，像台大昆曲社已经有五十年了。北大有一个京昆社，台大有一个昆曲社，风雨无阻一直没停过，拉拉唱唱的，一代又一代，而且很多是中文系的。台湾的昆曲是台湾大学中文系的女孩子传承下去的，一代又一代培养出来。所以在台湾有意思，在台湾产生影响最大的、最受欢迎的是昆曲，而且观众都是二十到四十之间的年龄，很年轻，不像看京剧的都是老人居多，这也是很有意思的现象。

虽然台湾对于西方舞台的接触更早，到现在已有几十年的经验，而且一流的西方表演艺术都在台湾演过，但台湾有这么一群舞台工作者，他们既有传统的根基，也有西方的舞台概念，把这些非常自然地融合在一起。台湾对于传统文化的教育延伸还不够，所以我现在做的事情就是在北京大学、台湾大学开昆曲课，我想其中很重要的意义，就是希望在大学里面恢复传统文化的课程，让大学生重新来亲近自己的传统文化，重新发掘自己传统文化的美。北大学生的反应很热烈，在台大开课更出乎我的意料，台大第一次开昆曲课，居然有两千四百人来学，学校一共不到三万学生。没有那么大的教室，只能用电脑选了四百五十个学生，空前热烈。我的感觉是，现在的大学生不管台大的北大的，他们内心中对我们的传统文化都有一种对中华文化认同的渴求。引起他们的共鸣，才有可能有这种反应。现在的年轻人也是中华民族的一分子，他们的DNA里也潜伏着想了解自己文化的因子，一旦有了启发就会产生共鸣。而且现在社会比较平稳，经济条件也有了，下一步就是文化建设。在时机方面，很合适我们这个时候重新来学习、重新来发掘、重新来倾听我们自己的传统文化。昆曲作为一个传统文化的课程，非常适合作为启蒙课程，因为它结合文学、音乐、舞蹈、美术、戏剧，是一个综合艺术。

昆曲的美让内地学生惊诧

“昆曲传承计划”在北大已经是第二年了，去年3月的时候我第一次去上课，当时的场面相当隆重。周其凤校长亲临我们的开幕式做新闻发布会，北京有上百家媒体来采访，学生反应也热烈，我们为了开这个课，特别在北大新版《牡丹亭》跟《玉簪记》演出以后再开课。今年是持续第二年，我们希望能够持续下去培养出更多未来的观众，也许会有些跟我们一起研究昆曲的苗子。

很多学生以前根本没有接触过昆曲，他们觉得中国文化非常美，但是没有想到昆曲那么美。很多人有一个误解，认为昆曲是给爷爷奶奶看的，他们一看那么青春、那么有活力、那么美的东西，就迷上了。有一个北大的学生看完以后，追到天津继续看。现在有很多追着看的观众，发生了好多故事。有一对北师大的年轻人，在2005年通过看戏结识，他们看到戏中的人因牡丹而结缘，觉得太浪漫了，爱情那么美，本来不认识的两个人现在结为夫妻。现在他们是《人民日报》的编辑了，后来访问我的时候，把这件事告诉给我听，高兴得不得了，还跟我照相。还有一个女孩子看了《牡丹亭》以后，奋不顾身去考戏曲学院，有的看了之后参加曲社唱昆曲。很多很多故事，很有意思的故事。

美国大学也为昆曲开了研究课程

我正式开始欣赏《牡丹亭》的时候，是在2003年。在2002年的冬天，香港那边请我去做昆曲演讲，我做了几场演讲，刚好青春版《牡丹亭》一些年轻演员到香港去，我就请了这些演员去做示范演出。他们也演《惊梦》这一折，那时男主角俞玖林刚刚出道，大概二十多岁，这个演员的气质演柳梦梅相当合适，我就找到了他们同班的沈凤英演女主角杜丽娘。从那时候开始，我跟朋友们下了一个决心，要制作一个青春版的《牡丹亭》。从2003年至2004年制作到台北首演，我们就一直演下来，七年没断过，到现在为止演了一百八十八场。可以说两岸四地，美国西岸，欧洲，伦敦、希腊雅典，新加坡都去演过，巡回下来看戏的大概有近三十万人次，去过了差不多三十多所世界一流的大学。

我的团队在西方也有演出，在华人世界也有演出，从接到的反馈来讲，有相同也有不同的地方。相同的地方是观众反应都热烈得不得了，这是我们这一百八十八场演下来令我非常高兴的一件事情。而且我们的观众群很年轻，学生观众占了差不多六七成。我们到很多大学去演出，几乎一百八十八场差不多有百分之八十都是满座的。不管是在中国大陆，比如西到西安、兰州，南到厦门、广州，还是在海外的华人世界这些昆曲很少去的地方，反响都很热烈。我们在美国西岸旧金山的湾区、伯克利大学，在洛杉矶旧金山四个校区演出十二场，也是场场爆满，有时候非华裔的观众有一半，或者占七成。演完以后观众站起来拍手十几分钟，他们不是客套，他们是真的喜欢，而且别忘了我们是三天的大戏上中下，看九个钟头，三天都来，这不容易。而且票还相当贵，两百块美金一套，最贵的票。观众都是一些学术界的、文化界的，千万别说他们不懂，他们理解的，看了以后很激动。他们欣赏的角度可能跟我们不太一样，他们对昆曲的舞蹈和音乐非常感兴趣，水袖动作让他们觉得中国人不可思议，那么丰富那么优雅；最重要的还有一点，他们很少能够接触到中国的戏曲，最多接触到京剧。没想到比京剧早三四百年还有一个这么老的剧种，已经有那么成熟那么精美的一套美学，这是他们吃惊的地方。伯克利校区在我们演完第二年就开了昆曲课，他们的音乐系和动画研究系一起开的，很有意思。你不能不佩服美国人的精神，他们看到其他文化有一些比较高成就的艺术，马上就很尊敬并好奇地研究。

现代的昆曲和梅兰芳鼎盛年代的昆曲有很大的差别，梅兰芳的时代因为他不是以昆曲为主，是以京戏为主，偶尔唱昆曲。我小时候是刚好碰上他连唱四个晚上昆曲，在上海的大戏院，平时不是这样的，他唱过《游园·惊梦》《刺虎》《断桥》等，但是比起他的京剧来分量是很少的，当然会引起很大的注意。梅兰芳的昆曲造诣也很深，他是以唱功见长的。现在的昆曲受众面又不同，像我们是大学生看，现在21世纪的审美观，跟当初的舞台设计、服装设计、灯光也不一样。我的感觉是，每个时代的表演艺术一定是反映它那个时代的美学、审美观念。梅兰芳是那个时代的审美，那种设计已经很美了，已经到了极致，我们现在看起来可能眼光又不一样了。

我们做了青春版《牡丹亭》，好像老树开花，给昆曲新的生命。我们有很多版本的《牡丹亭》，现在日本人也来唱了，还有美国人也在导演，把歌剧、话剧和昆曲放在一起导，各种变化都有。我们的戏在北大演完后很有意思，北大一个学生上网说现代世界上只有两种人，一种人是看过青春版《牡丹亭》的，一种是没看过的。明清时期，大量文人雅士家里面有家班，最高峰的时候，苏州有几百家家班，几千人从事昆曲的演唱。那时候皇室也很迷昆曲，康熙、乾隆下江南，都到苏州去发掘一些伶人带到北京，在宫廷里面供养，乾隆时期最高峰的时候，御用梨园有上千人，很惊人的剧团。所以那个时候，昆曲一度成为我们的国剧。其实我们是在恢复这个老传统，现在昆曲是没落到大家不认得它的地步，这是我们这个民族很奇怪的现象。

关于“男旦”：只要唱得好，性别不是问题

我觉得男旦女旦都没关系，最要紧是唱得好，如果他的功夫到顶像梅兰芳那样，没关系，性别不是问题，功夫是问题。可能

明清时代主要是男旦，要恢复成那样也不必。如果今天有一个男旦天才如梅兰芳、程砚秋那样的，也能接受。

青春版《牡丹亭》取得成功，可能有人比我做得更好，也可能不一定，有一批文化界的朋友支持帮助我，他们都挺有文化使命感的。我要先声明这绝不是我一个人的功劳，其实我后面有一群昆曲义工大队，有一帮书法家、画家、设计家、文学家，台湾、香港都有人在投入。

一开头，舞美是替台北的“国家剧院”量身定做的，那个台是很标准的一个台，音响设备都非常好，而且那个台很大，我们演出是逐步修改的。舞美需要改动，最小的细节都有。我们觉得这个地方应该加一点，那个地方减一点，一幅字、一幅画不对，我们都要换一下；而且在很多不同的剧场演出，不同剧场有不同的条件，有时候也得改。

《玉簪记》是最近做的，还不到三年，现在演出十八场，没有演太多。但是我觉得《玉簪记》在美学上面又进了一步，《玉簪记》比较短，只有一天的戏，而且我们提出一个重点来：《玉簪记》回归雅部。像京剧等其他属于花部，雅部是很高雅的，《玉簪记》有情调，以情传情，延续文人雅士的传统，所以我们在设计方面，用书法、绘画、水墨、佛像、古琴等这些中国传统文化里面最高雅的元素融到里面去，运用现代的手法，运用背投等这些特别的设计表现出来。

改动不是大的，整个设计是大的，可是演出的折子我们又保持它，它既是传统经典，又是岳美缇老师的经典版本，只有“琴挑”、“问病”、“偷师”、“秋江”四折，我们基本保持原状，但是整个头尾加了一些戏，设计有琴、曲、书、画，尤其书法跟水墨画。

青春版《牡丹亭》是非体制的架构，但是也不是私人班子，我是他们名义上的班头班主，实际是苏州昆曲院领衔，那是体制内的。他们让我来领导这个剧组，我只是排演设计他们整个的演出操作程序，我们有一个特殊的《牡丹亭》组，但它还是属于苏州昆曲院的。当然过去梅兰芳有梅剧团，有自己的团员，完全是他说了算，因为梅兰芳要考虑到生存。现在是国家体制内的剧团，又有点不同，有很多方便的地方，也有很多不方便的地方。如果我要讲的话，我有经济能力或者有制度上的许可，我宁愿组一个自己的大班子，一切规矩我来设定，但我没有这个能力。

孟京辉，1964年生于北京，现为中国国家话剧院导演。曾执导戏剧《一个无政府主义者的意外死亡》《恋爱的犀牛》《臭虫》《琥珀》《镜花水月》《艳遇》等。

孟京辉

——

见滥不觉滥，见好不觉好

张艺谋拍《活着》不够狠

对《活着》，我自己也是不能看这出戏的，一看就要流眼泪。电影《活着》中，至少给富贵“留”了三个亲人，但话剧把十次“死亡”按原著全部照搬。之前余华让张艺谋指导电影的时候，张艺谋还是比较小心翼翼的。

坦白来讲，张艺谋不够狠，他面对命运的时候手软。张艺谋的知识分子气质在电影《活着》里面很浓重，应该说《活着》是他最好的作品。我不知道他自己承认不承认，但是《活着》这部电影，那种豪迈的气息没完全体现出来。

但这次我把原著原汁原味地搬上舞台，在话剧《活着》中一路从头到尾全部呈现，无论笑还是泪，都能紧抓住观众。我的解读是，原著《活着》里的那些死亡和悲剧，其实没有另一样东西重要，那就是幽默感。换句话说，笑很重要。抓住了这个点，才能让观众感受到“悲悯的幸福感”。

见到余华的时候，我觉得他特别平和，但同时他身上也有执拗。他自己有一个特别大的“世界”，你进去之后就会被他这个

"世界"彻底罩住。要不你就别进去，要进去你就得按照他的想法来。我觉得应该把他的这种"精神质感"在舞台上有所体现。

我的作品以前一直有重量感，这次的重量感更增加了。我最大的收获是对文学更敏感了，以后如果能在文学方面进行更多的对话，我觉得对我来讲会是一个更加舒服的事情。

我把小说里的死亡全部"照搬"

余华的人生能量，都放到小说里了，就像一口深井，我们稍微一挖就有喷泉。2008年冬天，我和余华在我们共同的意大利朋友家里聊天。我问余华："能不能把《许三观卖血记》排成话剧？"余华答："可以考虑先排《活着》。"于是，我们的合作就这么敲定了。中间酝酿了四年，直到2012年，我才下决心要实现这件事。我既没有导历史题材的经验，更没有导农村题材的经验，好在9月份首演的门票在7月份一开票就被秒杀了，我就跟黄渤和袁泉说："票都卖出去了，咱们就踏踏实实做吧！"

《活着》的历史背景从淮海战役、新中国成立到"文化大革命"都有表现，导演这种历史题材最难的是把现实的东西和想象的东西进行提炼。现实的东西不好看，比如说淮海战役怎么表现？一群人在打仗，那没意思。"文化大革命"怎么表现？拍不好就会不好玩。对我来讲，最难的是要找到一个戏剧的语言和戏剧的氛围。

比如整部戏的舞台美术设计，一个个的沟壑，还有两边镜子的反射角度，还有人在这中间跑来跑去的画面感，强调的都是个人和整个空间的关系。这个特别重要，而不是把历史事件呈现出来。

《活着》的排练实际上是一个特别奇特的过程。我是一个特别幸运的导演，我在排练的时候突然发现黄渤有魅力，但是光发现没有用，得把这个魅力展现出来，但是我不知道怎么展现。所以整个排练在漫长的一个多月里特别没意思，每天都在重复而已。

我就记得我自己在那儿卷烟抽，抽完以后待着，黄渤和其他的演员在那儿演，也没意思。可是在演出前十天的时候，突然间呈现出一种感觉，无法用言语表达的，就感觉这个戏开始好看了！大家都有这种感觉！

在前七天的时候，我们在排练场联排，我问他们年轻演员，这次的戏怎么样？他们说完了，这次算砸了。可我总觉得不至于，因为当时多媒体啊、灯光啊、表演啊、舞美啊都还没出来。联排第一天有点乱，但第二天整个剧组突然间就变了。所以说《活着》是一个特别神奇的戏，因为最后在舞台上的时候，有神眷顾我们了，这个神我觉得是舞台之神，突然之间加持我们，全部的力量都爆发出来了。

所有人都觉得太神了，音乐、多媒体、新的调度，它是一个过程，像一个化学变化。我以前排别的戏有过这样的经历，但是没有这次这么明显。

我知道我在跟谁说话

网上对我的一些评论，我基本不看。我知道自己有多牛，我也知道自己的软肋在哪儿，所以无所谓。

我甚至现在都没法骂人，知道谁不好也没法骂他，不值得骂，有时候骂了反而坏事。所以对我来讲最重要的事情，是多做我想做的事，干自己喜欢的事多来劲儿！有人说创作是为观众，我不知道我的观众是谁，但是我觉得我排一个作品，实际上是为了这些朋友和理解我的人而做的。有些人我并不认识，但是他们在默默地跟我进行一个心灵的沟通，这个特重要。

这么说吧，我知道我在跟谁说话，我也知道我该怎么跟他们说话。我是勾肩搭背跟他说说像《柔软》这样的事，还是大众地说一说像《恋爱的犀牛》这样的事，说的状态不一样，说的方式也不一样。但我知道肯定有这么一群人，我知道他们是谁，他们和我一样，都在成长在变化，我们在共同抗争着什么，妥协着什么，改变着什么。我知道，我们都在一块儿做这件事，有时候个人的力量甚至集体的力量都不够，必须要时代的机遇才行。在这样比较复杂的、各种能量聚集的时代，最重要的是干你自己愿意干的事。

年轻的时候还是要干年轻人该干的事。二十多岁就做六十多岁人的事也没什么劲。年轻时做一些很疯狂很执着的事，其实只是为了证明我年轻，我有的是时间消耗，我有的是东西值得挑战和失败，而不是为了别的。

如果各种权衡，那你对一切东西都是掂量计较，那你这一辈子绝对越走越窄，年轻就要把人生的张力给最大化。

见滥不觉滥，见好不觉好

今年（2013年）5月的乌镇戏剧节，有很多年轻导演的话剧作品，戏剧节从整体效果上来讲还真挺棒的。乌镇戏剧节完全是国人自己独特的范儿，跟人文的东西、戏剧美学、公益还有旅游联系在一起，这个形式特别好，我觉得特来劲儿！但是明年我们要做的时候，还可以在好多方面再浓一点再大一点再多一点，成为年轻人的盛会；同时分层面，比如国外优秀的作品还可以容量再宽一点，这次有点窄。

陈建宏在两年前就提过，他要在自己的家乡——美丽的乌镇实现一个自己的梦。对他及我们来讲，大家都是共同做一件事情，所以钱不是最重要的。他要做一件二十年、四十年甚至一百年都要继续的事，他的眼光和心胸都是很远大的，所以前两年根本不重要，重要的是十年、二十年以后什么样。

斯皮尔伯格年轻的时候，拍的电影也好多人都没看过，年轻时拍点别人看不懂的电影也挺好，路长着呢，着什么急？

现在有些年轻导演着急出名，着急挣钱，着急得到一些资源，可你首先得展示出自己的才华啊！当有了这个才华以后，一切都会自然而然地来找你，所以根本不用着急。有人问我，什么样的导演或者什么样的作品，我才会推荐？我说很简单，一个导演、演员、舞美、编舞都不知道是谁的普普通通的作品，未知数也太大了。戏剧最重要的是需要积累，需要一部作品一部作品地积累，积累到一定量的时候，你的能量就有了。

中国需要多样化，就那么几个导演哪儿行？怎么也得几百个知名导演，上千个各种各样的导演才行，剧院、戏剧教育、戏剧演出、戏剧活动才会多，大家对戏剧才会更了解。

近二十年来，观众对戏剧的审美其实有几个大的变化，第一是“见怪不怪”，以前跟现在不一样，以前的观众还是窄，只喜欢单一的形式，现在喜欢的类型多了，这是一个特别好的事情；第二是“见滥不滥”，商业性有时候做得特别滥，观众本来应该愤怒，但他们也没反应，都抱着无所谓的态度；第三是“见好不好”，就是说忽视了一些有才华的年轻的好的东西，无论观众还是媒体，甚至包括我，都存在这种情况。

史航，1971年生，编剧、策划人。2000年参与编写《铁齿铜牙纪晓岚》（第一部）剧本，同年成为职业编剧。2012年客串出演的电影《神探亨特张》获台湾电影金马奖最佳影片奖。

史航

—

戏剧的东西都是女性的东西

乌镇戏剧节的“化”

“化”，首先是造化、出神入化，是一个境界性的东西。戏剧是从人间来的，但是它又是人间一个特别的点缀。其次，“化”，就是变化，此刻一个人可能化作一个妖，一个妖可能化作一个人，一幅画可能突然化成一个舞台。“化”是一种物体对物体、存在对存在的翻译，在翻译中间就有了更多的可能、更多的自由、更多的沟通。所以无论是上一届的主题“映”，还是这一届的主题“化”，它们都是对舞台的一种提醒。

如果一个演员走上舞台，我们不是来看他作报告的，而是看他到底能给我们提供多少不一样的奇迹。这种“提醒”对每个人来说都是不一样的体验，戏剧有意思的地方就在于它可以随时互动。

而且，这个“化”还有“高台教化”的戏剧功能，这个教化不是说不要欺负小朋友，或者不要随地吐痰等等。而是让所有的陌生游客，看到街头的演出，不再大呼小叫，而是安安静静地看，然后等人谢幕，鼓个掌再走。

这些游客可能一辈子都不会进剧场，但是现在戏剧进入了他的旅行，他会觉得新鲜，甚至觉得戏剧也挺有意思。这就会让游客在无形中受到影响，这就是“化”这个字的含义。游客化成一个戏剧未来的潜在观众。

女性也就是母性，母性就是生育——生、孕育。以前人们对《周易》“天地之大德曰生”注释说过，天地最伟大的道德就是让人活下去，所以要让戏活下去。这个“化”就是“生”的含义。沾上戏剧的东西都是女性的东西，因为它都是在孕育，在舞台上孕育着新的可能。

乌镇的古韵和戏剧的现代

说到古韵与现代，就拿我来说，我觉得这跟我的性格有关，我认为凡事不要面子就能得到里子。对于穿着，我更看重跟环境的适应性。譬如我来乌镇参加戏剧节，穿得随意甚至有些古怪，在街上就那么游荡，我觉得也挺合适的。别人怎么说不重要，我觉得还是以我的“爽”为主。

乌镇戏剧节中的“嘉年华”单元，街头的表演者踩高跷经过的时候，做买卖的小女孩拿手机拍，拍完跟别人议论与昨天有什么区别。小小年纪就和这些没有去过远方的人一起作为戏剧评论家了。

节日性的活动特别容易假大空，但是由于大家的努力，乌镇戏剧节跟假大空绝对不沾边。这个节日就是不管你走到哪，在路上都可能遇到熟人、同行、朋友、演员，或者是正在进行的表演。乌镇在戏剧节期间，戏剧化的密度、审美的密度超过了很多大城市，在这一刻，你会觉得这个地方很亮，很晃眼。这更像戏剧的原始形态，充满偶发与奇幻。

很多人认为参加“国字号”的戏剧节更容易得到名和利。其实这个名利太应该追求了，但是有句话叫“计利当计千秋利，求名应求万世名”。植树造林也是为了利益，但利益到底是什么？是为了保护土地不受风沙的侵害，否则这块土地就不值钱了。

名利二字没有关系，但是千秋利、万世名更重要。比如说现在用了国家很多钱，拍了一个动静特别大的戏，但是个烂戏，还到处演，弄得很多人一辈子看的第一部话剧就是这个戏，结果观众觉得很糟烂，于是这些人一辈子都不再想看话剧了，所以你再想挣这些人的钱就根本不可能了。因为你拍了一个烂戏让所有人都倒了胃口，所以你想追求的名利并没有追求到。

越跟外国人交流才越有中国味道

这次乌镇戏剧节我们邀请了很多国外的表演团体，这些国外的街头表演演员没有那种腼腆、羞涩，他们很坦然，并且带动了国内的街头表演。

很多人把一切所不理解的艺术归为行为艺术，把自己理解的称为“街头卖艺乞讨”。这些人不知道两者之间有一个美好的、很大的空间。街头卖艺，表演者需要你交钱，因为他们不是免费演出，所以你前面看到的演出都是有目的性、功利性的。但在乌镇戏剧节，你想看哪个演出就看哪个，别说要付费了，看完就算没有掌声也没关系。

很多人一看有外国剧目，就用“东西方文化碰撞或交流”来形容。说到东西方文化交流，我说一个很大的话题，异性亲吻是不是很正常？但咱不能把这种行为说成是性别文化的交流吧。文化交流是一个已经被用滥、用磨损的词。其实文化交流很好理解，彼此又有善意，又有好奇，所以在一起。

原有的中国味道也不是红漆绿漆，门口一喷泉、一水池、一假山，旁边写着“计划生育”标语什么的，绝不是这样的。什么叫中国味道？旅外的游子才知道什么是中国味道，成天见老外，成天吃洋快餐，只能靠回忆才能想起原先小时候吃的东西是什么样。越跟外国人交流才越有中国味道，不跟外国人交流就没有中国味道，那是故国味道。

戏剧也是一种信仰

我也参加过一些大学生戏剧节、青年戏剧节等等，我注意到很多时候，这些年轻人不管事件的背景是什么，他们重点想表达的是自己心里对这个事件的纠结。但是哈姆雷特说过一句话，天地之大，比你所能梦想到的多出更多。所以，如果年轻人能关心周围的一切，是社会现实还是社会幻象都不重要，他能关心除自己之外的一切就会更好。

我评选好作品的标准就三个词："诚意"，就是你表达了一些诚意；"创意"，你要有与众不同的东西；第三个尤其重要，"词能达意"，因为又有诚意、又有创意的人往往词不能达意，诚意跟创意不能相冲突、相矛盾。所以，对我来说，一部戏最重要的是词能达意。

戏剧就是一个乌托邦。但是，就像海子写过一篇文章中提到诗人荷尔德林时，有一个问答，问在这贫困的年代，诗人何为？

回答是，在这神圣的黑夜，他将走遍大地。在这个黑夜中，"迷茫"是神圣的。青春期的迷茫最神圣，最有意思，也是最重要的财富。因为这时期的青年最恐惧，也最迷茫。但迷茫和恐惧又是财富，你可以把你的财富搬到舞台上来，像你的嫁妆或彩礼一样搬上来。

当然，还有一个问题，就是你该怎么用它呢？如果你迷茫着说自己的迷茫，恐惧着说自己的恐惧，那你就是舞台上一个年轻的祥林嫂，你会让人厌倦你的恐惧和迷茫，而不是跟别人一起产生幻想的共鸣。所以这就需要你自己的分寸自己把握。

演戏有时候是演给别人，有时候是演给自己，就像传教一样，周围没有人信时，我就自己传给自己，让自己更坚信。戏剧跟宗教是有联系的，在演出中，每个人都像一个礼拜堂，是一个垂直的演出，带着平等的演出。

电影跟戏剧最明显的区别在于，电影先锁定了谁的脸，观众就得看谁，没法看到其他人。但在舞台上，灯光就算先打在你那儿，但是我觉得其他人演得好，我就可以盯着其他演员看，谁也管不着我。这一刻，哪个演员卖力气就能吸引观众的目光，他就是主角。

电影镜头是一种专制，让你看什么就看什么，而舞台是一个大镜框，什么都是自由的。戏剧是可以这样的，它值得人“卖命”的就在这一点。

冯远征，1962年生于北京，演员。2002年，出演电视剧《不要和陌生人说话》。2015年，凭借《老农民》获第21届上海电视节最佳男配角奖。

冯远征

——用当代人的心演末代皇帝

以演员的身份去叙述自己的过去

戏剧这种形式好就好在它可以不同于影视作品。影视作品必须真实地还原历史，但戏剧却有很多可以发挥的空间。比如我演话剧《公民》中的溥仪，从外形上来说，戏剧肯定也是要靠近溥仪的外形；但从演绎上来说，我可以加进一些自己的理解、自己的东西，而不用把溥仪所有的表情都做到位。

我觉得溥仪是特别有代表性的，应该说在中国是唯一的，哪怕在世界范围内也几乎很少见。曾经是皇帝的身份，最后又成为公民，所以这个人物非常独特。

写末代皇帝的作品特别多，舞台上要怎么呈现，这才是我们需要思考的。我们要给观众传达什么？溥仪的身份转换过程是怎样的？他在社会中的职责是什么？我们今天如何看待他？这些都是我在琢磨这个人物时思考的问题。演人物要研究人物，但是，演员不是专家，演明清的戏，我不可能是明清的史学专家，演员必须是杂家。

导演林兆华一直在寻求演员的一种状态，就是那种在舞台上非常自如、自由的状态。演员在表演上除了塑造人物以外，还能随时跳出来，以演员的身份，用当前所扮演的角色的另外一个身份去叙述自己的过去。对我们来说是新鲜的，但在国外已经不新鲜了。

我们往往习惯于塑造人物，全身心地投入进去，在人物的故事里哭、笑，不能自拔。作为一个演员来说，那个过程挺过瘾，观众也觉得演员很卖力很不错，但是，我们缺少让观众在看戏过程当中去思考。

每个年代的人是不一样的

我们不是以常规的表现形式去还原历史上真实的溥仪，而是用当代人的视角去看这个末代皇帝。实际上每个人都有自己批判的角度和对溥仪的认知度。可能“50后”对溥仪的看法更带有一些政治色彩，甚至觉得溥仪就是一个从神到人的角色；“60后”可能更贴近于“50后”；到了“70后”、“80后”，溥仪都是课本上的历史人物；你现在问“90后”和“00后”，他们很多人连溥仪是谁都不知道。他们对这段历史更多的疑惑是：末代皇帝怎么了？他为什么放着皇帝不当去当公民？当他们了解了历史时，他们对溥仪成为公民这件事的看法跟“50后”、“60后”，甚至“70后”是完全不一样的，但看法不同不代表就是错的，毕竟这个末代皇帝对于他们来说太过久远。

很多“00后”生下来家里就有汽车，所以这些孩子不知道没有汽车的时候还能用什么交通工具出行。他不知道父母骑自行车的时候是什么样，甚至他觉得骑自行车是玩，而不是一个主要的交通工具。但是在20世纪七八十年代，甚至更早的时候，自行车就是家里的奢侈品，是这些孩子们不可能想象到的，对他们来说这就是历史。所以他们会怎么看待那段历史？他们不会从“苦”的角度去看待，而是会从好玩的角度去看待。

从我个人角度出发，我认为每个年代的人是不一样的，我们在今天能够跳出时代的局限看待溥仪，并用舞台、戏剧甚至更丰富的形式把他展现出来，也就赋予了这个人物更多的可能性。因为影视作品给观众呈现的，是一个带有很强政治色彩的溥仪；但以当代人的角度来看，难道溥仪举着拳头说“毛主席万岁”的时候是真心的吗？现在的我们敢质疑，但在二十年前，谁也不敢说这话，因为那个时候人的立场是不一样的。

戏中有一个片段：刚开始老百姓对他成为公民可能还很新鲜，他们好奇皇帝是什么样？最后终于确认，皇帝也是一个鼻子俩眼睛。

溥仪是很不寻常的。他从小在宫里长大，所有的事都不是他愿意干的，一个四岁小孩当皇帝，怎么可能是他自己的意愿？四岁只想着玩呢，让他去操心国家大事这怎么可能？包括后来他生理上也有问题，这也导致了他内心的不正常。

除了法律之外，更多的是道德判断、行为方式、思维方式，判断一个剧中人物，有演员方面的重要因素，也有观众自己的理解与接受。

前几年有个事，我的车在路上被公交车剐蹭，事故车子都停在那儿等待警察来处理。这时，公交车上就有人冲着我大声辱骂，还有人高喊“发微博”，有个女孩子跑过来用手机对我拍照。面对眼前的一切，我的确感到既可悲可笑又可怜和无奈。就因为我是名人吗？就因为我演过《不要和陌生人说话》吗？那么，为什么不看看我演过的乾隆、陈独秀？安嘉和是变态的，我们的社会可不应该是变态的。

角色是什么不重要，但他一定要让我动心

我挑的都是必须能打动我的剧本或角色，这个角色是什么不重要，是什么身份也不重要，但他一定要让我动心。

有些时候，因为年轻的演员什么都不知道，我们得给他们讲那个时代是什么样的，这是我们需要做的。比如这部戏中反映的人民公社，年轻演员看了之后觉得很滑稽很可笑，为什么？就像我们小时候对二三十年代，或者更久远的历史的认知：那时候的人穿什么、吃什么、喝什么，我们都觉得新鲜。一样的道理。

对于年轻演员，不光是讲解历史或者演戏方面的知识，更多的是给他们传递一些北京人艺的精神。北京人艺能走到今天，都

是因为有“人艺精神”在支撑这个剧院。什么是人艺最朴实的东西？这个需要传达给年轻演员，如果这个精神不能传承下去，这个剧院可能会失去它的魅力。

除了戏剧本身的魅力，还有演员自身的魅力

对于某些戏来说，它已经是经典了，演了几十年你就不能够改，不能因为年轻人觉得过时了就妄加修改。但是对于生活戏，比方说现在演的《理发馆》，这部戏的编剧是北京人艺老艺术家宋凤仪，宋老师写的剧本基础很好，但她是一个七八十岁的老人，她没有现代年轻人很多语言上的东西，怎么办？那就让年轻演员帮她改，在导演的共同帮助下，我们把它调整到很现代就可以了。

但是《理发馆》还没有成为经典，到目前为止它只演了两场，还不能说它就是经典。所以我们先要区分什么是经典。《公民》目前还没演出还不是经典，但如果五十年以后《公民》还在演出，那就是经典了，就不能改动了。但我也相信，五十年以后的演员不能按照冯远征的表演方式去演溥仪，他一定要加进自己的理解。

一个经典的剧目，五十年、一百年以后你都不能改，一个字都不能改。我认为在表演上需要的是调整，而不是顺应或迎合。

《茶馆》第二代演员已经从1999年演到了今天，我们也是在

老艺术家的基础上，慢慢地去“磨”，去理解，所以现在每一个人物身上，才能带有自己的特点。

北京人艺的戏之所以好看，就在于我们二度创作的时候对剧本的调整。演员会根据人物，在导演和其他演员的共同探讨和调整下修改，把戏做得更好看、更真实、更贴近百姓、更贴近生活。作者是一个人写几个、十几个甚至几十个人物角色，相对来说这些角色有时候会在语言风格上有些接近，但演员就会按照自己的风格把这些人物区分开。

《茶馆》也是在二度创作时，迸发出很多精彩的东西。如果按照当年的审美，梁冠华不能演茶馆老板“王利发”这个角色，因为他不够瘦，他太胖了，但他今天演的王利发照样有独特的魅力。郑榕老师扮演的常四爷深入人心，但濮存昕就一定得模仿郑榕老师的表演风格吗？为什么濮存昕按照自己的风格演，也能深受观众的喜爱？今天的《茶馆》照样受欢迎，原因是什么？

除了戏剧本身的魅力，还有就是演员自身的魅力。他们把人物角色里的东西很好地融入到自己身上，用自己特有的感觉去还原常四爷，还原王利发，还原其他角色。所以经典剧目放到今天来演，要调整的不是剧本，而是人物角色的表演方式。

林奕华，1963年生人，香港舞台剧导演。1991年创立“非常林奕华”剧团。1994年凭《红玫瑰与白玫瑰》获台湾地区金马奖最佳改编剧本奖，作品《红娘的异想世界之在西厢》《贾宝玉》等均获得巨大成功。

林奕华

—

没有中场休息

我在和观众的时间观念抗争

我的戏演出时间都很长，来了内地演出，很多时候观众会觉得，你的戏没有中场休息，而且有三个小时，觉得蛮惊讶的。有可能我已经习惯了这样的一种创作，《生活与生存》我们拿了一个薄薄的本，三万八千字。第一次读本上半场一小时三十六分，下半场一小时三十八分，没有灯光，没有走位，什么都没有，现在演出加了灯光加了走位时间反而短了一些。我只是把剧本中要表达的都表达了，刚好就是那个时间，开始的时候编剧写剧本也没有刻意说要有中场休息，还是我在读完剧本时，觉得中间有个点可以加中场休息。所以就是三小时十五分钟。

我喜欢长的一个原因是，这就是生活和生存的分别。大部分人现在都比较习惯在一个生存的状态里面，大家都觉得，东西嘛，最好不要让我觉得需要付出太多，这个东西要让我感觉良好，恰到好处。如果你要他做得超出平常习惯，他就会有疑问：我把时间放在这里值得吗？我常说，现在的戏剧和以前的戏剧最不一样的是，以前的戏剧不需要那么注重跟观众心灵以外个人生活习惯的互动。在北京看戏，大家随时可以拿出电话，接电话发短信，在香港很多剧场会比较严格规范这些问题。在上海和北京大家习以为常，看戏的时候注意力也不见得很集中，导演当然希望他排的戏有办法让大家的注意力比较集中。所有的作品都在和观众的时间观念抗争，我只不过是把这种抗争做得极致化一点。因为时间和空间是并行的，一定要有这样的时间，你才能感受到空间的存在；也唯有在这样的空间中，你才能感受到自己可以沉淀下来，体会一个不是那么熟悉的自己。现在大家讲话就是讲重点，把人都当成机器了。我觉得在生活当中的这种习惯，是社会文化和时代造成的，但艺术本身就是要和这样的一个现实产生一种有趣的距离，一方面它跟生活贴得很近，但是另一方面它也应该和生活不一样。如果你看戏看得很紧张，有可能看完之后，这个经验对你来讲并没有什么不同。我还是在尝试现实进入艺术的空间的时候不一样的感觉。

曾经的工作是每天关小黑屋里看电视

我当过上班族，只是时间比较短。人们对“上班族”的理解还是不一样，大部分人觉得“上班族”就是朝九晚五生活的一个族群。我理解上班族，通常他们是一个功能人群，意思是说他们都觉得，我去上班不是为了我自己去上班，我是为了薪水去上班，是为了养家去上班，为了岗位需要这么一个人，我去履行这个岗位应该履行的职责。所有这些加起来，上班族就是那些最没有自己的人。我在当上班族的时候也会说我是出卖自己时间的人，有些人说得更苛刻一点，是出卖自己的身体，出卖自己的灵魂，简单来说就是跟兴趣是没有关系的。那你做一份跟自己的兴趣没有太大关系的事情的时候，怎么衡量自己的价值？所以大部分上班族自我价值感比较低，觉得只是为了附和别人的一些需要。

我那时候在电视台工作，是替电视台的高层人员看电视，看了之后写报告，这样和高层还有客户开会研究怎么设定接下来的节目策略时就会有所依据。虽然看电视是我的兴趣，但让我看我不喜欢的东西也会是一种虐待，看最不喜欢的电视剧，情节不通，演出也不好，但是一句一句对白都不能错过，不能快进。我们看电视还有一个功能就是，如果这些没播出的节目中有可能违反了情色、黑社会、暴力这些规定的话，就要做报告让它修剪。我们每个人都有一个小房间，走过走廊就会听到里面很像酷刑审问的声音，大家一出来，要么被冷气冷到脸无血色，要么就会说“天啊，这才第三集，还有二十七集！”别人看我们很好玩，但其实不是。

那个时候我们就会搞一些东西来自娱。因为冷气都比较冷，我就建议他们买医生的袍子，穿了之后觉得我们还蛮像医院的，我们部门每个人都在胸前夹着职员证，拿着报表、铅笔、圆珠笔，穿着医生袍走来走去，突然间觉得自己在演医疗剧。我们觉得很兴奋，其他部门的同事会觉得这里有一批怪人，我那时候才十九二十岁，每天很积极地玩这些。譬如有新同事来上班，呆呆的笨笨的，我们就冒充经理的签名，给他写解雇信，放在桌上等他午餐回来，我们就说什么事，他会很惊讶地说怎么会这样，我们会说好像也听到一点但是不敢和你说。他说我要去理论，我们就怂恿说快去快去。每天都找一个对象来精神虐待他。那时候没有带很多打工的心情，只是觉得反正我薪水也不高，以后会出去留学什么的，就那样做了三年。但是那时候寒暑假可以不上班，同学回来了，就开始排戏。

人们还是喜欢看家庭暴力

我现在还是看连续剧，但是我不看香港的，有时候为了工作看，但还是觉得像受酷刑，比如说大家觉得很好看的《溏心风暴》，对我来说是最没营养的。任何戏剧在后面都有很多意识形态，《溏心风暴》的意识形态基本上是在推销家庭伦理。这个家庭伦理和现实的伦理出入很大，因为现实当中，家里的阿姨或者妈妈不会随时打对方的巴掌。《溏心风暴》每天就是以家庭伦理的名义推销家庭暴力，观众真正喜欢看的是家庭暴力，而且很喜欢看到女人打女人。到今天，这个文化还是非常受欢迎，不然的话《还珠格格》不会那么受欢迎，它很重要的一点就是女人怎么精神虐待女人，怎么夹她的手指，肉体虐待。包括《金枝欲孽》，大家都说好好看，第二天会说好精彩。在香港，电视剧主要的观赏对象是女性，第二是那些觉得自我形象比较差的女性。因为她们觉得美女都是对她们有威胁的，所以都要受酷刑；而且美女一定会引诱男人，所以要打巴掌；美女是要和我们分家产的，一定要想办法去害她。无线每年都有很多这样的戏，有一个大戏叫《攻心计》，根本就是日本的《大奥》换上中国宫廷的服装，再发明各种酷刑。观众就是喜欢看到女人被虐待，《家好月圆》也是。我常常在研究，为什么婆婆妈妈那么喜欢看？主题曲片头都是你打我我打你，这在某种程度上讲是丧心病狂。这是我们的文化，女性那种自我压抑还是很普遍的。有趣的是这些人都年轻过，所以我还很好奇，到她们五六十岁是不是还要让她们来演这种东西？

把观众被拿走的一双眼睛还给他们

批判也好在戏中体现，第一个要幽默。我看任何残酷的事情，或者说让我生气的事情，一方面会愤怒，另一方面我会用荒谬的角度去看它。有时候你也要理解到，这是集体的欲望，所以我说幽默很重要。你不能只是对着那个东西直接地说你的不满是什么，这样大家还是会把自卫的机制开动起来。戏剧的一个好处是，可以用艺术的手段把观众被拿走的一双眼睛还给他们。这双眼睛在平常是煽情的音乐、文字的宣传，底下以为这个就是激情。当你用另外一个手段、另外一个镜头去反映它的时候，他们才会看到可笑的那一面。一方面是幽默，另一方面也是你需要对这个东西有感觉。不要想得太深了，不要把自己弄得那么辛苦。你这样想不是和别人不一样了吗？有一天我坐计程车，我讲了一个我看起来很奇怪的事情，计程车司机就说，每个人都像你这么想事情的话，大家就疯了。对看到的事情提出表面以外的解读，在香港这样的一个社会，还是比较容易触碰到经济的神经，因为大家都希望，不要有一个人跑出来把大家叫醒。

林怀民，1947年生于台湾嘉义。14岁开始发表小说，22岁出版《蝉》。1973年，创办“云门舞集”，带动了台湾现代表演艺术的发展。云门在台湾演遍城乡，屡屡造成轰动，获得佳评无数。

林怀民

——在农村跳舞比在纽约跳舞还难

在农村跳舞比在纽约跳舞还难

云门舞集创办于1973年，刚成立时，就是希望到农村、乡镇、学校去演出，我那时候最大的梦想里没有纽约跟伦敦，只有普里跟美浓这些小地方。到了20世纪90年代，由于云门舞集在海外的档期太紧张，难以顾及在社区、学校的演出，作为变通的办法，于云门舞集之外成立了云门舞集2团。云门舞集只做大型户外公益演出，2团则专门到学校和社区；更重要的是，2团被作为年轻编舞家们创作的平台。十三年下来，2团的作品除了在台湾的剧场和民间演出外，也被搬到了纽约和德国歌剧院，同样受到欢迎。云门舞集2是我的理想的一个实践。

云门是台湾第一个职业舞团，也是华语世界第一个现代舞团。云门第一次在台北演出，是在1973年10月2日，我们在中山堂演出两场，一千座席，卖出近三千张票。台湾社会对艺术有一种尊重，对新事物又有一种期望。

云门舞集不可能出现在德国，也不可能在纽约。在纽约有经纪人的团队，德国本来就有歌剧院的传统，而在台湾，专业的舞蹈从来没有出现过，大家都渴望它的出现。而当云门走进社区，大家觉得跟他们在一起的是“我们的云门”。

1988年，我曾经因为太累了，财务上又发生困难，就把云门舞集给停了。1991年，回到台湾的第一天，一个计程车师傅问我，怎么把云门停掉了？司机告诉我说，他们开车子的时候也很困难，但是他很坚持。我十分惭愧。那一个月里，十几个计程车师傅告诉我说，他们常常载着家里人，不做生意，专门去广场上看云门。云门的确在台湾的社会中激发着某种东西。2008年，云门舞集排练场不幸失火，两个月里，我们没有进行任何募款行动，却有五千多人参与进来，从大企业主到小学生，寄来几百万台币捐款。那时我们想，一定要盖出自己的房子，云门不要再去租房子了。这些捐款者，我心中一直觉得他们是云门非正式的股东，我们对这些人有责任，而这责任的兑现就在舞台上，让他们开心、感动、骄傲。

其实在台湾，也并非每个团都在往学校和乡间走。舞团在编舞时，不能存着为哪一类特定的人服务的心思。云门舞团1和2团都是一样的，我们去乡间演的舞，就是我们去纽约演的。

有人觉得，到乡间去身上会罩上一个光环，所以我们就去了。其实并非如此，我们要奋斗很久才能去乡间，有时我们觉得，去纽约都比去台湾的乡间容易。你写几封信，签了约，坐上飞机，就可以去纽约演；但你要到乡间，就得累积相当大的知名度，要具备一整套工作的方法。

比如我们在学校操场上演出，那里是没有布景、没有LED的，你不能搞了半天，最后说那个场地不够好，我的舞就是不能去。我们是用身体跟大家表达，它必须不依靠布景环境而洞悉人性，这是一种奋斗。

1993年云门舞集第一次在北京保利剧院演出，就受到了很大的欢迎。我们有共同的文化背景，而我的作品刚好从这个背景中走出来，并且我的作品并不打算复古，我一直在努力用现代的视角来展示舞蹈，或许这件事很有趣吧。

我们年轻编舞家们的作品，噩梦也好，撞墙也好，或者像鱼群一样扯不清楚的人际关系也好，都是从他们的生活中、从其自身的体验中出来的，都是大家很容易认同的情境。这些作品经过了台湾许多校园、社区，老先生老大娘们的考验，北京的朋友们没有理由会觉得看不懂。

当年我们在台湾，与世界确实相隔非常遥远，特别是我没有导过舞团，不会编舞，于是我死命地读玛莎格莱姆的传记。有一阵子，他讲过的话、做过的事情我几乎都能背下来。我看巴恩写的传记，看人家是怎么活的，从这些榜样中寻找启示。

我想，每一个健康的生命都会像树一样，将叶子和枝干伸向有阳光的地方。如果它渴望到了一种疯狂的状态，它一定会去寻找这些东西来听、来看、来学习。如果你问我，我想，我们与大陆的艺术家有一件事是可以共通的：我们从来不觉得艺术家是什么特殊的人物，我们只不过是一群工作的人，我们每个人都在拼命改自己的作品，永远客观地看待自己的东西。我想我们多少都有一些自我反省的能力。

舞蹈很可能是一个乞丐的行业

云门走向世界，是慢慢积累、水到渠成的事，因为这时它刚刚可以在兼顾着校园与社区的巡回时，出来走走了。我们的想象很远，想去的地方也很远，但我从不会有战略有计划地安排这些事，云门一开始只是定位为台湾内部的团，因为往外走意味着整个生态的改变，那么团体的行政人员，舞者的生活、作品都要跟着出去。如果说偶尔有人邀请，就去演一场，等三年再来一次机会就再去演一趟，云门不是做这种事情的。云门是个复杂的民间团体，政府的补助很少，我们都很务实，从不浪费资源，一直在一步一步走，不知不觉走了三十九年，云门舞集2也运行了十三年。积累到这时候，才可以讲讲明年做什么、后年做什么，乃至三五年后要做什么。

云门的舞者们，在舞蹈中找到了借以安身立命的东西。2团一些舞者曾经来参加过1团的工作，但是过了一季后，他们都说想回2团，因为怀念2团里那种跟随群体的节奏。他们觉得，跟着1团到世界各地的大都市大剧院去演出，面对黑压压的观众席，好像在受评审一样，人与人的互动很少。结果，他们宁愿跟随2团到乡下去，到学校去，也不要去纽约。他们在指导非专业的爱好者或学生们跳舞时，得到很大的满足。有人说：“从小我不知道为什么要跳舞，但是如今知道了。”有人去了欧洲，但是一两年后还是回来了。

当然，如今云门的舞者在生活上也比我们草创时的第一代舞者好了很多。使一批舞者能够在此追寻人生的意义，让他们能够有机会安顿自己的身心，同时把能量向更广大的舞者扩散，这是我很欣慰的事。

我受父母的熏陶走上这条路，当我开始创办云门舞集时，父亲对我说：“所有艺术家里我最佩服的是舞蹈家，因为舞蹈家是以他的身体为工具来表达。但舞蹈很可能是一个乞丐的行业。”

我那时年轻，不信邪，但他的话使我惊醒：云门无论沦入怎样的困境，都不能让舞者们变成乞丐。

这个行业本身不赚大钱，所以我很年轻时就知道，走进这个行业不要想买房子、买汽车。但若是一边在云门舞蹈，一边又去做演讲、写稿子赚钱，对我来说又不够虔诚，于是，我在这种梦想中做了很多年。我母亲常常担心，我将来年纪大了会连房子都没有。我对她说，慢慢累积，情况一定会改观。

如今我有房子，却并不是我存的钱，而是突然有一年有电视找我拍广告，还有一家服装公司找我拍一个平面广告，给我了一个小房子。有趣的是，那以后也没人再找过我拍广告。但若是没有房子，我一样还会租房做这事。这工作带给我的挑战和安慰，远远大于房子和汽车。

其实我本人害怕有汽车，因为我认为如果有了车子，我将无法搭地铁，看不到普通人生活的状态，我主要的聊天对象将会是司机，连与普通人套交情、聊社会的机会都没有；我看到的都将是脸谱，我的世界将会变得非常单调。有一个朋友坚持要送我一辆车子，我就让他送了一辆大厢型车给云门，就算是送给我。这辆厢型车陪着云门舞集2的技术单位到山上、学校去演出，我也很高兴地坐过两回，它的确很拉风。

不知道艺术跟商业该如何结合

我是一个喜新厌旧的人。我是写小说出身，所以早期编的舞多少带有叙事的意味。20世纪90年代以后，我觉得舞蹈不是用来叙述故事的，舞蹈不能取代文字，正如文字不能取代舞蹈，于是我做了很多纯动作的作品，如《行草三部曲》那种。

我总是向往一个没有去过的地方，几乎不能控制自己对下一个作品的向往，向往的理由只是因为喜欢冒险。因此有时也会失败。我曾对舞者们说，我所有的努力，大概是希望有一天能真正撞得头破血流。

如果观众非常喜欢你，很显然，这时你跟他们是同步的，并没有走到前面去。而当艺术家走在时代前面时，很多观众都可能会离开。当然，我并不希望观众离开，可是我自己的想法往往也很复杂，头脑中常会自己与自己争辩，并且无法找到一个清晰准确的答案。只能说，我的观众不要离开太多。

我从来不思考艺术和商业结合。创作时，我茫然、害怕、不安或者勇敢，唯独不会想到市场。舞团中自有人管市场，这部分我不太内行。

当然，必须有这样的观众，我们才能继续跳舞、继续创作，但你不能把商业放在前面。直接地说，如果想从舞蹈中赚钱，我想我是不会做这一行的，我一定会去投资、炒股、经营产业，甚至去买乐透大奖，唯独不会来跳舞。

云门舞集做的是艺术，它本质上并不是文创事业，除非它出光碟或授权做其他产品。但到目前为止，我们还没有做好这种准备。我们也希望有人能来跟我们谈授权，只是目前还分不出这种精力来。

年轻的艺术家就是应该没包袱

新时代是一个用视觉来感知的时代。在我们的年代，人们看到一个事物，会去追寻它的意义，乃至借助于文字。但在新时代，年轻一代完全用视觉从电视、电脑上接受事物，视觉本身就是语言；这些颜色、声音的组合，往往本身就是完整的表达，并非透过这些意象去表达另外的什么东西。因此，新时代对舞蹈的亲近度也更大了。

纽约的大都会歌剧院和百老汇，一进门就会看见白发森森的一片；而台北的观众，根据最近的调查，百分之六十的观众低于三十岁。我们可以对话和服务的对象，将来会很广泛。

我们当年也没有大剧院办舞蹈节，世界各地发生什么事也都不太知道，都是关起门来，审查自己身边的文化、生活。而年轻这一代是吃零食、看电视、玩电游、泡网络长大的，他们看的舞比我多，听的音乐、看的各种片子也比我多，而且他们从小就有麦当劳吃。

我们这一代，意识里都是拼搏，除了拼搏就不会幽默。可他们在一个比较富足、自在的环境里长大，没有包袱。他们这么年轻，就站在传媒和网络的浪潮上面翻跟头，充满自信，这是非常重要的，我非常羡慕他们。你看他们的作品，很少讲古代的事，大多是讲自己。而我在工作中，在与他们的互动中，都在努力试图保护住他们那种自在的特质，无论他们自己是否意识到。

三、电影和电影人的衣角

张艺谋，1950年生于陕西西安，中国电影“第五代导演”代表人物之一。代表作品有《大红灯笼高高挂》《菊豆》《活着》等。2008年获2008影响世界华人大奖，并获美国《时代周刊》年度人物提名。

张艺谋

第五代导演是被高看了

我是时代的工具，无意为自己辩解

我认为“工具”不是一个偏负面的词，它是一代人的价值观或者自我成就感的来源。我们那个时代就是讲“你是革命队伍的一个螺丝钉，你是一个有价值的、能发挥功能的工具”。那个时代的教育始终是这样子，而且我们会引为自豪。其次在我自己的成长经历中，因为过去的政治阴影，就更愿意让自己成为一个有用的人，所以会想在“文化大革命”当中去抄大字报、刻宣传资料、印传单，做一些有用的事。那时候是很真诚的，真的觉着自己在为革命出一点微薄之力。

随着时代的变化，我们会看到当下的年轻人不这么想，他们更强调自我意识和个性。不同时代有不同的成长背景，其实都没有问题，我们不用比较哪个好哪个坏，这是时代造成的。

我们那个时代拿自己当一颗螺丝钉，主要是针对一个伟大的革命世界，看自己能有多少光和热可以奉献。那时觉得能参与进去已经是光荣了，简直就是不得了。像我那样一个政治条件，当年能做一个“红外围”就相当不简单了。

1980年参加摄影展的时候，我的《啊，这一代青年！》系列作品，是比较前卫的。其实要是看我早期的创作，会觉得我对于比较形式化、比较前卫的东西还是有一些感受的，也愿意标新立异。这可能跟前边的学习有关系，刚刚入门的时候，我是比较规范的，因为在工厂也没有教材，自己看书，所以会循规蹈矩。后来上了电影学院，也积累了一定的经验之后，就很希望求变。直到今天，我觉着其实也还有这样的意识。包括《金陵十三钗》，我看到小说后就觉着这个题材可以求变。虽然这一类的故事拍得很多了，我来拍还是可以拍出一些不一样的东西。

评论界会有一种看法，说张艺谋总表现一些偏人性负面的东西，比如压抑、扭曲。我自己从来不辩解，因为我很明白，没什么可辩解的。说的人多了，各种说法都有，你辩解也没有用。我自己也比较清醒，我电影拍得好与坏从来不说狂话，我自己知道创作很艰难。我对自己也很苛刻，电影上映前，我在剪辑台上剪定以后还会反复看，还没上映我已经总结出一百八十条缺点了。我就是这种性格，倒不是说我要故作谦虚状，就是总觉着还能更好。作品出来以后，对社会上那些说法我都是过滤掉的，因为我自己已经总结过很多不足之处了。如果有些缺点人家没看出来，还高度评价，我倒感觉是个意外，会问这是真的吗？

由于竞争关系，市场的博弈已经进入高度白热化状态。对于一个作品来说，什么是真正的老百姓的心声，我都不太能看清楚。现在最透明的是微博吧？上面也有大量的水军是利益集团雇用的，所以微博上的评论不一定能作准。媒体更是如此了，各种人说各种话，基本上没有一个全透明和权威的渠道，告诉你真正的大众评价。所以你要对自己有一份清醒的自赏、清醒的判断，了解自己几两重，反倒可能最好。如果评价不好，就去屋里自己抽自己，或者出去跟人练，在发布会上就跟人干起来，根本没有意义。

我对自己没有太多的设计

不同的时代会有不同的诉求，于是作品也就有了不同的痕迹。第五代导演成长的时代，大家都是“文以载道”，强调作品的文艺内涵、文学内涵、思想内涵。但即使在那个年代，我拍的《红高粱》也挺有娱乐性。《红高粱》又唱歌又跳舞，九十分钟的电影催生了几首流行歌曲，已经具有丰富的娱乐元素了。接着我就拍了《代号“美洲豹”》，纯粹就是一个商业性的电影，虽然不成功，却是我希望尝试的东西。在那个时代拍商业电影会被大家看不起，那是一个很可爱的时代，商业性弱，全民都关注文化。后来慢慢进入这个时代，全民强调娱乐性、强调放松的心态，我觉着也很正常。

如果说当年《红高粱》得了一个大奖，那么惊喜、那么意外，那第二个就不要再去拍《代号“美洲豹”》了吧，不是明摆着往下掉吗？你可以在我身上看到这种随意性，我对自己没有太多的设计。我没想怎样一步一个脚印，怎样走得稳稳当当，怎样自我塑造不辜负大家，所以才会有这样的起伏。

我不想让自己刻意进入那种设计的轨道，我想凭着自己的感觉走。还有一个无法设计的原因就是你手里没货，这么说吧，如果我手里永远有五个好剧本或者五个好小说，我当然可以设计，而且会设计得很好。但这很难，就是碰不到。我又不是一个作家型的导演，不会自己创作，我只是一个善于用影像讲故事的人。现在没有货，只能碰上什么是什么。这怎么设计？根本没法设计。要不就停下来，十年磨一剑？所以大家认为我在创作上的摇摆、创作的起伏、创作的随意性，甚至盲目的不负责任的随意性，其实都源于没粮食，能吃一口就是一口。巧妇难为无米之炊，何况我是不是每一次都能当巧妇还难说呢。

我想不到能上电影学院，那时候我想得很简单，需要的只是一个改变命运的文凭。我也预料不到会进入导演这个行业，更想不到导演能变成影响这么大的公众角色。

一定要有更多有才华的年轻人

我是一个武侠迷，很喜欢看武侠小说。拍《菊豆》的时候，我就把新华书店的武侠书都买光了，我是一边看武侠小说一边拍《菊豆》的。做《秋菊打官司》后期的时候，我在日本待了一个多月，很苦闷，一个人住在汽车旅馆里。摄影师池小宁知道我爱看武侠，就把他同学的一箱子武侠书全给我搬到旅馆来。

这是后来拍《英雄》的起因。不过，我正搞剧本呢，《卧虎藏龙》出来了，那时候我就知道完蛋了。无论怎么说，你是躲不过去了。所以当时我就想，不管了，反正已经准备了就拍吧。其实原来《英雄》是打算拍一个小的文艺片，你看那个结构，像罗生门的三段式、四段式，我想的是怎么把它拍成有前卫风格的电影。但当时《卧虎藏龙》刚刚火，这部戏的老板江志强就问我，要不要李连杰？要不要张曼玉、梁朝伟？《卧虎藏龙》火了以后市场很好，我们拍大一点。他开始看到这个电影的商业性，后来就拍成了一个大片。

《英雄》这个所谓的大片，最初只是因为我喜欢它，最后拍拍拍，拍成一个大的而已。最后《英雄》好像就变成所谓中国大片的标志了，然后就是十多年的商业、票房和艺术的大争论。这个过程很有意思，从一开始欢呼大片，到最后砸大片，都有着强烈的时代色彩。到今天，大片已经成了一个贬义词，大片就意味着空洞，没想法、我们不喜欢、不好看的形式。这样也好，每个导演都会想一想，我该如何去拍这些东西。

现在“砸大片”跟仇富一样。只要是拍大的，就先挑毛病。我觉得投资大有时候树敌反倒多，大家反而会同情和欣赏那些小制作的、正艰苦创业的年轻导演的作品，认为他很珍贵，这也很正常。

这其实是一个有隐患、有泡沫的市场。现在的年轻人喜欢看电影了，这真是一个非常好的变化。他们爱看好莱坞的大片，而且也爱看话题制作——比如《失恋33天》这种小电影，但其中的隐患是作品的质量跟不上。现在的困境是，作品质量或者说人才供给很难跟上发展的速度和需求。如果年轻人喜欢看话题制作，可是每年提供的话题、质量跟不上，大概三五年以后，基本上观众就不看中国电影了，转而主要看进口片。我们的配额会慢慢开放，我们的市场也在慢慢向国外开放，质量跟不上会成为我们的悲剧。大家说怎么提高国产电影的质量？挺难。笼统地讲，还是要靠年轻人，要有新的创作力量，而且要多，要学得快，能力要更强。光靠这几位导演和大片根本不行，不能成为整个产业的支柱。一定要有更多有才华的年轻人，没有就完蛋。

在世界电影市场，中国片只是一碟花生米

第五代导演出来时，中国百废待兴，全世界的眼光都盯着，而且它高看你，为你所有的挑战和叛逆欢呼。那时在全世界的电影节上，第五代导演本身就是话题。今天，中国的国际地位很高，但中东地区，那些战争地区产生了很多非常好的电影作品，他们的价值观什么的都很厉害。今天中国电影在国际上所受的关注度正在减小。

我不可能对年轻人指手画脚。任何时候都会有好电影，任何

时候都会有非常棒的年轻导演出现，这点不以国家目前所发生的变化而改变。立足本土，立足你的位置，让它直达人心，让它有力量，这是一个终极目标。不要太浮躁，不要有太多杂念，专心地把电影拍好，这些话不仅是对年轻导演，对我们也是一样的。

坦率地说，在世界电影市场上，中国电影只是一碟花生米，常常还被韩国、日本、东南亚的一些东西换掉，换成泡菜。所谓的走向世界，那是很遥远的路。在影展上，在电影节上走向世界，我们一直在走，有输有赢，这个路是没有问题的。可是走向电影节不是走向世界，走向世界应该占领更多普通年轻人的市场。说到让中国符号、中国文化传送出去，我不客气地说，中国电影的世界占有率简直就是零。大部分都进不去，很边缘的。就说美国市场吧，全世界最大的市场，但美国年轻观众就不爱看字幕，我参加过他们的问卷调查，问他们喜欢《英雄》吗？人家问题都不回答，直接写一句——凡是不讲英语的电影我都讨厌。非英文语种如何在国际市场上占有不可取代的位置，不只是中国人想这事，法国人、意大利人都在想。

我是悲观主义者，外界评论我尽量不想

我从来不打分，奥运会开幕式直播出来的时候让我打分，我当时心情简直坏透了，觉着完蛋了。所以我只说，我给团队打一百分。

那天晚上，亲朋好友发的短信就没断过，但你会觉得是自己人在安慰；第二天上午看网上的东西，就认为这些是被“主导”的吧；一直到下午，看到很多国际评论和报道，尤其是国外转播的画面之后，慢慢才觉得这个画面转出来质量还不错，才踏实一点儿。我对整个节目的质量是有判断的，但是我知道现场只有几万观众，我们鸟巢坐九万人，大概有三万左右是贵宾和安保系统的，那么实际上是五六万观众在鸟巢看，全世界几十亿人看转播，转播砸了就砸了，我当时觉得转播得不是很好，所以会有那种心态。就是一种对自己的不满足，觉着这个东西没有做好，今天也是这样。我从来不说满话，我也不用去给大家装，大家也不会因为我装就认可我。我也很少称赞别人。我们团队的人都知道，演员演得非常好，我也就说句“过了，OK了”“成，可以了”“还行，还不错”是最高的评价。不是我吝啬赞美语言，就是习惯了。对别人、对自己都是这样，是性格，是习惯。

我没有什么大到了不起的目标，就是想把事情做好。如果我去做一个兽医，去做另外一个职业，我也是这种性格，就是想把事情做好。因为这些，我用各种方法听别人的意见，想办法获得一些帮助和提醒，让自己清醒面对自己的问题，然后想办法避免。但这些只是针对我的作品，如果我不拍电影的话，正常生活中用不着天天听别人意见，过自己的生活就完了。我不需要去看别人怎么看我，别人怎么评论我，我都尽量不去想。

芦苇，1950年3月生于北京，编剧、导演。知名作品有《霸王别姬》《活着》及《图雅的婚事》，三者分别拿下了戛纳“金棕榈大奖”，戛纳评委会大奖和最佳男演员奖及柏林金熊奖。

芦苇

—

《小时代》就是物欲横流的时代

我的电影价值观：坚信人性的价值

20世纪80年代到90年代是一个相当具有开创、探索精神的时代，中国文学和艺术都受到大的时代风气的影响，电影也不例外。这个时代是一个探索和希望的时代，它有很多美好的回忆，有一种奋进的精神在里面。

从那个时代过来的人，内心都比较坚强。为什么第五代导演的早期作品力量比较强大？比如《霸王别姬》《活着》里面，我们都能看出那种非常强韧的精神力量，原因就在于，我们这一代人在生活里已经把这一课上完了。

但这种苦难中积累起来的力量，到了财富中很快就被消解了。富贵跟贫困是一样的，都是一种考验。第五代为什么垮？说好听点是“被市场”，说直白点，就是被金钱打败了。他们有了时间，曾经有了话语权，却没了目标。拍《霸王别姬》和《活着》的时候我很高兴，我觉得我走入了一个虚幻的梦境中，我以为这是第五代电影的起点，可没想到，它却也是终点。

电影作为一种文化价值的探求、追问，它不再像过去那么执着，也没有过去那种披荆斩棘的勇气了，这个是“变”了。但它“不变”的是政治和商业的属性，对权势、对金钱的盲目崇拜。现在的电影，我们看到的是一种对金钱、对票房、对市场的盲目崇拜——不问青红皂白的崇拜。它只要有一个商业的包装，任何垃圾都可以容忍。它的文化价值的表达应该是进步的，可是未进步；它的文化品质不该后退反而后退了，不该衰退反而衰退了。

在我们各种各样的价值观里面，我始终以一点作为依靠——人本主义，或者说人道主义。站在人性的立场，坚信人性的价值，这是我对电影的基本观点。

我的初衷就是心有所感，心有所动

大概2004年的时候，我看了一个电视纪实栏目，讲一个发生在四川农村的招夫养夫的故事，很打动我。我非常想拍跟中国现实生活的真实情感息息相关的影片。《图雅的婚事》反映了时代巨变下人的生存状态、精神状态的变化，我认为这是一部具有人文品质的影片。

《图雅的婚事》跟我的电影追求是一致的，真实的人性，关注真实的问题。比如说《图雅的婚事》反映并预见了草场退化的现象。到今天已经是事实了，沙尘暴、雾霾天，现在已经呈现出愈演愈烈之势。当时《图雅的婚事》这个主题所表现的问题，到今天已经全部显现出来了。真实的表达就是一种忧虑，而且希望越来越多的人都关注这种生存和环境的变化。

改编《霸王别姬》和《活着》时，我的初衷就是心有所感，心有所动。它一定是尊重我内心的一种情感，欲罢不能，所以就这么写了。

说到倾向性，第一，忠于我对这个时代的情感；第二，忠于我对这个时代的反思。忠于这个时代的情感，是说忠于自己对生活的感受，而不是说忠于自己的情绪，否则就太狭隘了。因为这是初衷，是当编剧的一种乐趣，会乐此不疲。

坚持到今天的时候，我感觉比较寂寞，响应的人比较少，有这种感受、追问的人太少了。大家对自己的文化氛围，对自己所处的时代，对自己的生活经历追问太少，好像都是在得过且过，包括我们的电影也是。

人不可能脱离时代而存在

商品社会是社会进步的一个标志，但是我们应该防止商品成为人们活动的终极目标。虽然商品发展是社会进步，但也要防止商品崇拜和商品终极消费。商品本身并不可怕，可怕的是对于商品的目的和用途。当商品成为上帝的时候，这个世界基本上是一个毁灭的世界，它的伦理、它的社会秩序一定会让它成为一个崩溃的时代，甚至会影响到电影和文化。而不幸的是，我们似乎在义无反顾地朝着这个方向滑动，不由自主地涌向这个方向。

我们形成了金钱崇拜、物质崇拜，唯一缺乏对人性光辉的崇拜。包括电影也一样，《小时代》就是这样的。《小时代》的魅力在什么地方？在商品的魅力，而非人性的魅力。所以《小时代》的主题，主要就是商品，很少有人性的魅力。

所谓的《小时代》，就是物欲横流的时代。我只是很遗憾地看到一个现象，就是中国银幕上的东西跟我们的现实生活越来越远，这个结果在某种意义上来说非常不幸。

不同的类型需要不同的“才和力”，我就把自己看得很清楚。我只能写像《图雅的婚事》这种，你要是让我去写《小时代》这类剧本，对不起，我写不了，因为太陌生了。电影所表达的东西是非常有意思的，里面有它自己的知识结构。其实我所熟悉的，和我能掌握的电影类型非常少，比如说正剧我还可以，悲剧、传奇也可以，但如果让我写太空片或童话，那我就一无是处了。

我们写历史大片，写社会正剧，写带有一定探讨色彩的剧，比如探讨社会问题、公众问题等，这些是没有问题的，但是对娱乐大片来说，“灵魂指向问题”并不迫切，这种电影只需要你看看就可以了，它是另外一种标准。

从某种意义上来说，编剧确实是一种凝视灵魂的职业。你必须要和心灵打交道，它在这个意义上会非常丰富，非常诱人。其实这些问题都是一致的，你想真正关注个人的话，你一定会关注到时代，因为人不可能脱离时代而存在。

高群书，1966年出生于河北，导演、监制、制片人。2012年执导的电影《神探亨特张》获第49届台湾电影金马奖最佳影片奖。曾获第15届上海国际电影节最佳导演奖和第13届华语电影传媒大奖最佳导演奖。

高群书

—

贼代会是中国的一个切面

《神探亨特张》，一个神探抓小偷的故事

我们以往的艺术写群像的太少，电影多是写一个角色，找名演员来演。《神探亨特张》这部片子并非单独写一个神偷，而是写一群贼。20世纪70年代末80年代初，在社会档案里，有一个“贼代会”在一起比本事。

贼的特点是群体作案，组合犯罪。20世纪80年代在郑州还有一个糖烟酒会，商家都是带着钱参加的，随便打一个车都是五六百块。吸引了很多小偷，南北方的小偷都上郑州比艺去了，从火车站就开始偷。

目前中国犯罪的最大特征就是谋生感。过去的江洋大盗，可以通过偷盗累积巨大的财富，但现在已经完全不是那个时代了。现代人特别关注各种高手，但是高手在我们的生活中太少了。我最初想拍一个小偷大全，但当我真正跟着影片原型神探张去体验生活时，却发现犯罪高手已经基本没有了。我去了各种地方，想看看现在小偷群的状态。当时带有几分猎奇心，但是后来不再猎奇了，因为发现他们非常不奇，都是一些在生活中很无力的人，

用这些手段去害同样无力的人，完成一条食物链的转换。这是很可怕的现象。

我以前采访过很多罪犯，他们最大的特点就是都说自己很冤。他们会攀比：有很多人在贪污，你为什么不管？有很多人在偷，你为什么不管？他们只认为自己倒霉，而不认为自己真的犯罪了。

生活中比特技更冲击人心的，往往是平凡的暴力和各种影响个人的不测风云。他们所做的虽然不是杀人放火、谋财害命，但从医院门口出来的人都是奔药店、储蓄所的，心理本就脆弱，再被落井下石，就不会再信任人了，这对社会有着巨大的腐蚀力。你在街头扶起老太太，结果被讹诈，那你以后也不会再去扶助老人了。街头那些犯人，打碎了你对人生的所有梦想和激情，这是最可怕的。

好东西一定有其不可复制的细节

电影《东京审判》中，审判一帮日本战犯，演那些战犯的都不是名角，但是每一张脸都那么深刻，每一张脸都是一个战犯，其实那都是一些普通面孔。

战犯坐在那儿被审判时，不会哭天抢地，他一定是有气场的。气场是通过各种方式形成的，可以通过战场，也可以通过经常在舞台上被万人观瞻得到。我们找的演员来自各个剧团，他们没有经历生死，但是他们有气度。在单位时间、单位画面里，这些是可以移植的。

我们也没有找普通群众演员。因为人往那儿一坐，气质看上去必须是对的，这样一群人才能让观众接受：这是东京审判。若是找一批普通群众演员，气度不够。

好东西，包括字、画、古董，一定有其不可复制的细节，有一股贯通的气。不是大师，练不出那细节；没有岁月、时代、传统的烙印，生不出相应的气质。

好比我们当初拍《千钧一发》，在哈尔滨的一条街，那是哈尔滨从清末到民国初年最繁华的一条街，到现代，虽然上面搭着塑料布、高压线，但是那种华贵感是抹不掉的。我们拍完戏以后，当地就翻新，但是一翻新那种感觉就没有了。

当然也有人说这些都是细枝末节，根本不重要。其实严格来说，这是一种意识流，我以这种方式将我眼中的事物本质传达出来。

我考虑的就是怎么去打动人

很多人应当都有感觉，虽然眼前都是日常所见的琐碎事物，但是当你停下来，站在一个角度，全神贯注地看那些人、那些风物的时候，你会突然生出全然不同的感觉。而如果你现在特别想看看宋朝的一条街道究竟是什么样，那是无从得知的，只能从文字描述或一幅静止的绘画中去想象。只有当时不加修饰地去记录，才能传达出完整的现场。以后美工做出来的东西怎么看都不会像，没有烟火气。

任何一个年代、一个场所，要真实表现，都必须有真实的人物、真实的环境、真实的事件。但是做起来不容易。比如20世纪80年代，我们还可以找到一些可以复原的东西，大家记忆里面都有，但是1930年的记忆就已经很少，几乎没有了。

我的努力，是希望当新一代成长起来的时候，再想看1930、1980年中国人的生活，还能够看见一些相对真实丰满的场景，而非只是一幅画、一本书。

《神探亨特张》应该称作批判现实主义，它是把双榆树这块地方当做中国的切面，里面有纹路、有肌肉、有病菌，把这些展示给你看。这部片子描写了中国各种层次各种手法的小偷、骗子，还有警察、神探，三十年后你可以从中看到2012年中国一个切面的样子。

商业就是打动人，我考虑的就是怎么去打动人，怎么说出大家的心声，说出人们对社会的看法、态度，说出对这个时代的观察和发现。

戴锦华，1959年生于北京。从事大众传媒、电影与性别研究。曾在亚洲、欧洲、北美、南美、非洲、澳洲等数十个国家和地区讲学访问。专著十余部。

戴锦华

——

爱看烂片是不成熟的表现

现在的中国电影是被太多钱噎住了

现在电影市场越来越好，无论是票房还是观众对影片的讨论程度。作为观众，有没有必要掌握鉴别一个电影是好是坏的方法？我认为对于一般电影来说不是充分必要的，观众可以凭自己的经验、凭自己的好恶去选择影片，同时去点评这些电影。但如果你是一个影迷，是一个爱电影的人，我想多了解一些关于电影的知识、多参与关于电影的评论，会增加你的乐趣。大家各取所需，我希望看好故事，希望看出色演员的表演。但是有时候，再好的演员也救不了一部戏，其实如果我们稍稍留意一点，就会发现所谓好的电影，一定是通过很别致但又不刻意的电影语言来呈现的。故事不可能自己讲自己，所以多一点电影修养，你会获得很多乐趣。如果真的希望从电影当中获取更多东西的话，有时还需要一些文化批评的视野，甚至是某种理论的帮助。我一向强调，要打开你的想象空间，而不是关闭它。一个爱电影的人，不用我们告诉，自然就会延伸到这一部分。

中国电影产业和中国政治经济发展是处于同步的状态，这应该是一个幸运、一个奇迹。因为世界范围之内，绝大多数国家经济起飞的同时，电影崩盘，这是非常有意思的一个悖论。但是中国电影却在此时高速腾飞，从这个意义来说，我们遇到了一个难能可贵的大契机。然而，文化就是文化，文化会受到经济的制约，但不能被经济取代。我觉得现在的中国电影是被太多钱噎住了，我一直说电影艺术一定与资本控制无关，如果电影当中只剩下资本的读物，就没有电影了。一方面是资本渗透到电影里，另一方面是制片方只想怎么赚到钱。其实电影作为文化，必须要有自己的内在逻辑：首先要做好一部电影，然后才是赚钱。如果对一个电影团队的首要要求是回本、赚钱，那这部电影的结果大概就是满盘皆输了。我们对电影的要求首先应该是，这是一部什么样的电影，它要讲怎样的故事，我们如何把它讲得有声有色、有情有趣，然后再辅助于其他市场手段。现在据我所知，确实有一些制作团队，迫于压力苦想应该在电影中增加什么元素，用哪个演员，他以为这样就能赚到钱，但观众不是那么容易被满足的。

20世纪80年代时，中国电影曾经非常低迷，那时形成一种“三分天下”，叫做主旋律、娱乐片、探索片。当时这三种类型的影片处在一种极度对立和分裂的状态，如今它们好像突然汇聚起来了，之间的鸿沟好像被弥合了。这个现象首先告诉我们，这个社会经过二三十年之后，终于尝试建立一种新主流逻辑、新主流价值。从理论上说，这种局面的出现是给电影人讲故事提供了一个相对有利的社会环境；但从另一个角度来讲，并不是那么单纯乐观，因为它在谋杀这个产业，原来会有一些不同样式的诉求，但现在好像所有影片都是千军万马过独木桥。《唐山大地震》的票房很好，《山楂树之恋》也是如此，我知道这两部电影是大导演的作品，可是我自己对它们都挺失望的：《唐山大地震》，冯小刚还是用了他讲故事的方法——催泪弹和抚摸我们，这点他做得很到位。但我曾经开玩笑说，当一部电影不是广告植入电影，而是电影植入广告的时候，当一部电影是一个城市形象工程的时候，还是对电影本身有一些损害。而《山楂树之恋》我觉得有两方面的不完美，一方面是出现了“文革”场景，一方面是纯洁之爱，可是整个故事中没有饱满的情感和张力，所以那种纯洁变成了寡淡。所以当你试图满足主旋律、娱乐片、艺术电影的需求的时候，有可能什么都不讨好。

据我所知，国外电影的植入性营销是从《007》开始，那部电影里最大的广告是那些神奇的武器，后来我才知道那真的存在，《变形金刚》也出现了大量汽车广告。而我们看到，在成熟商业体制中，国外电影还是相对有节制的，以不破坏情节，或者设法让情节更好地包裹广告为重。但在国内，特别是去年，我真的被雷到了，我们可以中断情节插入一个看似细节的内容，结果就是给商品一个大特写，或者把商品赫然放在前景中，把故事发生的情节放在后景，而且还不在焦点里，这个我觉得就本末倒置了。所以我说我们不反对广告植入电影，但如果变成电影是服务于广告，就是广告和电影双输，因为这很容易引起观众的反感。

成熟的电影市场一定是多层次的

年产电影的数量越来越多，但是投放市场、并有效和观众接触的片种数量很有限。制作数量与投放市场数量的强烈反差可以反映出来，我认为我们看到的片种非常少，基本上都是所谓的大片，很难有其他定位不同的艺术群或艺术趣味的电影。大概每年有百分之七十的电影没有在院线上映，那这些电影是怎么生存的，我也很想知道。以前我发现，四五年前的影片，突然有一个契机在某一个地区开始发行，我不知道这是什么样的契机造成的。我真的很想知道，这些电影的盈利状况，但它们好像是泥牛入海无消息。当我们经常用数据来说明中国电影的繁荣状况时，我会有一点担心，我会想，这么大的数量中，有多少是在市场中被消费、被接受的意义上，真正存在的中国电影？而那些能够和观众见面的电影又到底代表了什么？又到底尝试满足了哪些观众？说到底还是资本读物的问题，资本主义是逻辑、是规律，但是资本也追求利润最大化，这是不可抗拒的。但是问题在于，一个成熟的文化市场、电影市场一定是多层次的。说得通俗一点，有一种东西叫发财，有一种东西叫赚钱，大概多数的影片是在争取赚钱，而不是尝试着发财，这样做出来的东西差异性非常有限。

其实电影的丰富性和人们对于电影需求的丰富性还是要考虑的，我们现在还没谈小众电影，其实大众就是多种多样的，况且现在中国影院的布局正在迅速扩张，它所覆盖的观众将越来越多，这个多样性的问题迟早会凸显。

《钢的琴》在国内票房并不是很高，但却引起了一阵不小的波澜，它是用另一种方法去回应现实。这个影片不是我们通常理解的艺术电影，但是显然也不是我们说的商业电影。它是那种感人的喜剧，真的是原来意义上的喜剧，好像是带着眼泪的喜剧感。这些让我眼睛一亮，我真的好高兴，因为已经好多年没看到了。我喜欢媒体评价的那个词，就是“真诚的电影”，我真的是希望中国电影当中像这样的影片多一点。难能可贵的是，它表现的这个人群，他们是曾经很主流、后来又被边缘化的社会群体，然而电影却没有刻意强调这种边缘化。我和一些国外朋友一起看这个片子，他们觉得这个电影在美国也好卖，因为在金融危机冲击下，大家下岗失业的体验其实是共通的。现在我们说它卖得不好，证明它小众，但像这样的片子，不可能有非常现成的卖点或是炒作点，而这么小的成本也不大可能做大广告。其实很多大片的广告费比制片经费还要高，但《钢的琴》一直靠口碑流行，我希望在现在不差钱的年代，电影市场是不是可以留一些空间给他们，能够对这些影片有持续的关注？可不可以一天安排一两场放映？况且现在还有微博这样的传播途径，我们可以看到，这些电影至少是不赔钱的，也可以在市场上获得一席之地。

从1994年开始，我们对好莱坞打开半扇门时说的就是“十部大片”，一开始定位就是引进十部大片，然而好莱坞A级片在整个制片规模中占比很小，真正支撑好莱坞工业体制的都是那些中等成本电影，有各种类型的节。所以我们要是不看大片看什么？中国本土大片的广告规模、眼球经济做得太浅淡了。你会发现，在中国，国外影片没上映之前已经在不同媒介上出现了一百万次，观众会潜意识地认为，如果没看这个电影好像丢了点什么，连话题都没有了。

我真的觉得一个市场成熟的因素之一是消费者的成熟，也就是观众的成熟。观众成熟的重要指针之一就是，广告不再成为重要的影响。观众要有一个学会选择的过程，中国观众非常特别——越骂越看，越看越骂，很怪诞的一件事情。其实观众的权利，也是所谓的公民权利，可以用这个办法去选择，别去帮忙、别去赞助那些你认为很差的、很恶俗的、很没创意、千篇一律的大片。相反我们去支持有趣的、有意思的中小成本的电影，因为它们所需要的票房不像大片那么巨大，只要有一部分确实喜欢的观众走进影院，那些电影就已经足够继续生存了。

工业社会创造了中产阶级

我觉得中产阶级这个概念很好玩，我们叫它“阶级”，但事实上，基本是工业社会创造了这类人群。中产阶级说起来挺复杂的，你可以说它是一种生活状态：有房有车、有儿有女；但这也是一种价值标准：中产阶级有很强的阶级意识，同时也是社会秩序的积极维护者；除此之外，他也会是批评者，社会的消费者，他们会特别强调消费者权利，这就是他非常有趣而矛盾的地方，但不能否认的是，这是非常积极的价值观和生活态度。“中产阶级”在中国出现，大概是从中国经济起飞、大都市繁荣时开始出现的。有这么一个群体，他们足够年轻、受教育程度足够高、收入在中等以上、基本集中在大城市或特大型城市中，他们开始有意识地对自己的身份产生自觉。

在中国，不管什么样的中产阶级，他们最为直接有效的外在标志就是消费力，在市场的意义上，有消费能力的人群会成为市场主体。也就是说，一个有消费能力的观众，他的心理需求、社会认知会有意无意地成为规范市场的力量。

像电影《失恋33天》，他的消费者主要是中产阶级，同时，这部分人也是《哈利·波特》《丁丁历险记》之类电影的受众。这两种电影，一个是非常现实的题材，还有一个是怀旧的、魔幻的。当然我还是会支持《失恋33天》这样的电影，轻盈、小巧，做得很聪明；同时我觉得这个电影的成功，反过来可以提示中国大片的失败。这个电影只是非常轻柔地触动了当下奋斗中的小青年，在大城市中的“居而不易”之痛，这是在冷漠孤独中他们对一点真诚、一点相濡以沫的渴求。反过来又说明中国电影有多么不接地气，和各类人群、各个群体都没有那种“肌肤相亲”。《失恋33天》对我来说具有上述的这些意义，而且我真的很高兴，至少让我们知道钱真的不是万能的，不是你砸了更多的钱，就能赢得更多的票房或者赢得更多的观众。

这些又哭又笑的观众是和《哈利·波特》《丁丁历险记》的观众一样的，我自己倚老卖老，觉得这确实很清楚地勾勒出社会文化的状态，“80后”也许包括“70后”，他们整个成长起来的时代有一种极为特定的文化样态或生命样态：好像历史的感觉消失了，未来视野也不是开敞的，好像整个文化给予他们一个封闭的现代史，不通向未来，也被斩断了过去，除了借助穿越，我们哪都去不了。但是这种封闭的现代史同时带有另外一种东西，就是自我解释、自我拥有，那样一种不无悲哀的个人主义。同时这也作为他的必要补充，携带着一个相当沉重又很奢华的怀旧，我觉得很好玩。

于是，一方面好像这些影片呈现出的文化心理是有一点自怜、有一点自恋，又有很多自嘲，要求自我呈现、自我抚慰，同时又在进行各种各样的祭奠。这就像一场全球狂欢，像一代人的童年祭坛，因为它标识着每个人经历的那些阶段。我也用了一个文学形容叫“稚嫩的沧桑”，因为大家都还很年轻，但那种感觉又真的很沧桑，发现白驹过隙，发现我们走向成熟，也走向衰落。也许我是自作多情，认为这里有一种现实无力感和无奈感，超越了一种可能，自我空间不是被拓开，也不是被封闭，只是不见了，好像被蒸发掉、被抹去了。在我的感觉中我会觉得有一点悲哀，从世界格局或者中国发展来说，现在真的是最好的年代，但是弄不好，也会成为很悲哀的年代，至少是沧桑的。

如果真要从文化或者社会立场去讨论中产阶级的问题，马上就要联系到另外一个东西——是否中产梦“未成已破”？这才是一个现实的创痛。我觉得那种文化无力感也是现实的无力感，如今梦想的空间本来不是飞扬的、多样的，现实是非常具体和有形的，可是这种具体有形的东西，又是这么遥不可及、这么艰难辛酸。

如果把中产阶级定义为一种生活状态、一种物质状态的话，文化真的是为城一破，但是有的时候是一种文化的东西、一种社会的公共角色，在这个角度上说恐怕会有越来越强的中产阶级出来。因为毕竟有房有车、有儿有女有狗的标准，是参照美国的中产阶级设定的，但是也许我们会有中国版的。但是如果这个中国版的中产阶级，只是在一个现实挤压之下、很多现实辛酸感之下，形成的中产阶级，我希望他们有更不一样的活力，包括社会的活力。

如果真的把自己奋斗目标设定在某一种财富状态或者物质状态的话，恐怕生命就是一个持续的付出和磨损状态，就像我们认为，现在已经失去了两年，就失去了最佳契机和最多的可能性。但是当我们还能够温饱的时候，我觉得度量自己生命的东西，真的不是说我什么时候买了一辆车，或者我什么时候可以买到一套房，或者我在哪个路段租着什么样的房子。最悲哀的就是，这个世界上只有一种度量我们生命的标准。我没有那么超脱，也没有那么理想主义，人之所以为人，是因为我们不永远是理性的，不永远是物质主义的，其实有其他的方式度量我们的生命。

今天不断有学生跟我说，如果我们能有你们当时的状态，是求之不得的。这大概就是今天自由的代价，所以我觉得任何一个时代、任何一个社会结构都会有不同，问题是怎么去把握自己。我真的觉得，这个世界毕竟还有一个相当大的空间是你自己可以决定的，而不是那么绝望和宿命的。

徐昂，1977年生于北京。导演。2014年，执导的《十二公民》被第九届罗马国际电影节评选为“当代电影”单元最佳影片，摘得该电影节最高奖项“马可•奥雷利奥”奖。

徐昂

电影业其实就是房地产

《十二公民》折射不同国家的偏见

《十二公民》夺得罗马电影节“今日电影”竞赛单元的最佳影片奖，这个奖最终是由观众票选出来的，电影节的观众也来自不同的国家。那么我想，首先这个框架能够让不同国家的人们看到自己身上的偏见，因为只要有人的地方就会存在偏见；同时公平正义、法律精神又都是普适的价值观，这是不同文化背景下的观众都能够和这个作品沟通的原因。当代中国社会遇到的最大问题是贫富分化的问题，由于经济上的很多矛盾，我们很容易在不同人群之间形成偏见。比如之前有一些热点案件全社会都在讨论，讨论的时候，基于不同的人群又会有完全相反的看法。当然矛盾和偏见这些东西我觉得是外层的，从内层来讲，我觉得各国观众，包括罗马和其他地方的观众，和我们能够体验到一种共性，就是人。我觉得要赢还是赢在这个部分。

首映当天，超大的电影院里有九百多个座位。整场电影放映下来大家一直在笑，因为影片本身有很多戏剧性的部分，平时生活里见过电影里那种人，所以觉得挺逗的，带入感很强。放映结束之后他们一直在鼓掌，我们都有点不好意思了，以前也没有经历过这样的场面。我一开始以为罗马观众这么投入是出于客气的表现，但后来我又去看了其他几场电影，发现他们可能是真的还挺喜欢这部电影。因为其他电影放映的时候，经常有观众中途离场，主创都在也不给面子。

后来听到有意大利观众说，电影里有很多人和事都和意大利很像，所以他们完全能理解电影里表现的内容。放映结束之后，有观众专程跑过来握住主演何冰的手，跟他说“你就是中国的亨利•方达”。第二天再去电影节，就已经有一批粉丝过来跟何冰合影了。我们也算在罗马迅速建立了粉丝团，而且大部分都是男士。所以这样看来，放映效果还是挺不错的。

《十二怒汉》的故事说到底是一个从十一比一到零比十二的故事，这个故事本身很简单，但是里面包含着大量复杂的东西。在剧本本土化的过程中，遇到的第一个问题，也就是陪审团制度的缺失。中国没有这样的法律制度，但其实中国所有的政法大学、司法院校，都有一门“英美法模拟庭审”课程，所以我们最终把故事设置在了一间学校里。讲有十二个孩子考试没过，学校的孩子们请了家长来开家长会，原著里十二个陪审团的成员就转换成了十二个家长，而且来开家长会的这十二个人都是孩子的父亲。这样的设置是我们有意而为之的，因为在父系社会中，从父子关系解剖能发散出更多深层的社会关系。紧接着再设置十二个不同的中国社会的典型。当十二个人坐在一张桌前的时候，几乎等于集结了一个国家人群的生存状态的缩影。

《十二公民》中，我们为电影中的十二个人设置了十二种不同的职业。因为职业是我们所认定的最表层、也是最简单化的对人的看法。但是一个人是怎样的人，实际上和他从事的职业之间并没有必然联系，但是你脑中对一个职业的固定成见，可能会左右你对一个人的看法。演员在摸索他们各自表演的职业的时候挺逗的，比如韩童生演的是出租车司机，他平时很少坐出租车，我有一天跟他说，你可以去观察一下出租车司机的生活。当时我们排练的地方离草场地特别近，那里有一大片全是出租车司机待的地方，我说你可以去那儿观察。他们开着车就去了，到那儿以后观察了解这一帮出租车司机的行为方式、语言方式，就找到了和他表层不一样的反向的那部分。

在我看来，电影展现的戏剧性是一种外在的元素，基本上固定场景的形式都被认为具有某种舞台性，但是电影是有大量场景切换的，这一点戏剧和电影好像是背道而驰的；要是抛开它所有的外在形式看内核，戏剧和电影的内在形式都是文学，这是第一。第二，人物很重要，有时候看完一部电影，观众总结不出来一个故事，但是能记住很多人物，这就是为什么很多优秀的人物和优秀的演员被留下来，而这个故事没有真正被留下来的原因。《十二怒汉》看起来讲述的是一个案件发生之后的讨论，但是这个案件折射出的是十二种不同的偏见。要把这十二个人的生活摆在一张桌子前，让人们看到社会的缩影，这是我对这个剧本真正感兴趣的部分。

优质创作诞生于“误读”文本的过程

从话剧导演到电影导演这个身份转换的过程，我还挺适应的，可能是拍摄之前做的思想准备足够充分，而且我觉得也是大家帮忙，包括演员和摄影。再加上在我们初期，文本做的准备工作足够多，大家在现场都没有即兴修改，基本是按照剧本来演的，当然写作的时候难度很大。一方面大家帮衬，再加上前期文本做得足够认真，中间就没犯什么错误。

我非常喜欢文学作品，现在这个时代是读图时代而不是读字时代，但如果能通过图像让你感受到文学的力量的话，那何乐而不为呢？原来大多数人选择安静地看书，现在大家有各种电子产品，又有很多其他媒介可以选择。我如果写了一本书你不愿意读没关系，那我就先把它变成画面，把它赋予其他的色彩，这样呈现在你面前还是有足够吸引力的。有时候读书未必能懂，比如小时候误读过很多东西，长大之后再读就看到了另一个故事，这都很正常。我们负责任地在忠实原著的基础上加入我们对人的理解，也不能保证我现在就不是误读，但优质的内容创作就在于相互“误读”。演员再“误读”一遍，观众再“误读”一遍演员的表演，这个“误读”的过程中可能会生发出自己的理解，我觉得这个过程才是最棒的。

院线是真正意义上的掌控者

现在欧洲电影也受到了市场的冲击。当然欧洲观众也非常喜欢看商业片，但是他们对本土电影的保护还是做得很好，这样就保证了很多艺术片的涌现。所谓的艺术片，在欧洲不代表无聊无趣沉闷，他们主要的电影消费群体和我们不一样，大多集中在四十岁左右这个年龄段，收入也比较高，而且都是有时间、认真安静地坐在电影院里看电影的人。国内今年的大数据调查显示，我们的电影观众平均年龄只有二十一点五岁。我也不知道是我们的电影选择的倾向导致了人群低龄化，还是人群低龄化本身限制了中国电影的发展方向。那天我去看《超体》的时候，发现它其实是在用非常商业化的外衣，探讨一些更深层的问题，可能它也在找办法去对抗商业对艺术电影或者作者电影本身的冲击。如果你认定这件事不可能以个人的力量去扭转，那就想办法打着某种旗号，以A的名义做B就好了。

在上海电影节中，有一个环节是讨论中国可不可能出现艺术院线。当时有一个观点是说，就算有艺术院线的存在，中国每年生产出的艺术片的数量和质量可能都不足以进艺术院线，排片都会遭遇尴尬。对这个问题我的看法可能比较粗浅，因为我是新人，我觉得电影行业到最后其实是房地产行业，院线是真正意义上的掌控者。其实渠道比生产要重要，渠道可以帮你把一个很糟糕的东西卖得很好，也可以把很好的东西卖得很糟糕，但首先是渠道。艺术院线就相当于博物馆或者画廊这些东西，把中国的画廊数量比例和西方做一下对比，大概能明白为什么不可以。这里有一个民众的基础教育问题，这个教育是需要花时间、也是需要花更大的经费去做的，但在中国这件事几乎还没有开始做。艺术院线也是一样，现在任何一部艺术片都可以把它放进去，哪怕在电影节上，我们也会见到质量高的和质量相对一般的艺术电影。一个行业整体，不可能大家水平都一样高，怎么可能大家水平都那么高呢？艺术片有没有资格进入艺术院线，那是看艺术院线有没有关怀，以及房地产行业有没有给足够的比例，让他们建造自己房子的问题。

我们有一次曾经尝试着把一部应该在普通银幕上放映的电影拿去IMAX上面放映，实际效果差异非常大，因为这样放映出来构图就会出现问题。我们在泛读图的时候去读这个电影实际是有问题的，现在在网络观看电影的时候，可以不耐烦地关掉这部影片，但可能五分钟之后精彩的部分就会出现。在电影院里播放电影，因为观众是买了票进来的，可能会多给五分钟给这部影片；但是在网络上，可能就会错过很多东西，不过这种传播是好方法。现在没有培养出让观众买票看艺术电影的习惯，只能用这样的方式进行文化上的传播，但我觉得一定会有损失。

谢海盟，1986年生于台北。2015年，凭借小说《舒兰河上》入围台北文学奖年金计划，并撰写电影小说《隐娘的前身》。

谢海盟

每个人物都是一座冰山

侯孝贤是素人，"不像"就会剪掉

电影有两个传统，一个是写实的传统，是从《火车进站》开始的。另外一个传统是1920年代，在苏联爱森斯坦提出来的蒙太奇传统，把时间、空间割裂，用衔接出来的整个感情传达信息。侯导一开始想要尝试商业的，像蒙太奇这样，把所有信息集中在景框里面，一次一个把信息传递给观众。观众一路接收下来得到这样的暗示，甚至可以料到剧情的发展，该笑的时候笑，该哭的时候哭，电影结束时观众的满足感很高，就会觉得到最后有明确的回报。但我觉得侯导的这部电影还是维持他过去的传统，他的景框外面就是一个真实的世界。《聂隐娘》一个镜头里面给的信息非常多，是一个网状的信息。你不知道接受这个信息后，什么时候才会得到回报。甚至要在电影结束的时候，一个事情都已经发生完尘埃落定，才会知道这是怎么样的因果关系。

戏剧时间跟真实的时间是完全不一样的东西，但是他会想要贴近真实，那第一个就要处理整个戏剧跟真实世界的差异。侯导非常强调要跟世界无缝接轨，这是他的坚持。他拍摄了四十四万呎底片，最终才用了一万零八百呎。他一直会说这段为什么不剪进去，因为不好、不像。其实这个“不像”你硬逼他讲为什么不像，有时候他自己也说不上来。我觉得他这种招牌的长镜头就是他与真实世界无缝接轨的一种尝试，努力去达到那个手法。

塑造一个人物，我们称“造一座冰山”。每一个人物都是一座冰山，人物展现在电影中的部分，是冰山露在海面的一小角。然而这一小角要足够精确，免不了得打造完完整整的冰山，包括海面下隐而不见的大部分。这一大部分，具洞察力的观众是能够体悟出来的。要抓住的真实是人在处境中的真实，如何在唐朝这么遥远的故事里，让观众感受到的真实。这样的“真实”，贯穿侯孝贤导演的所有电影。侯孝贤喜欢偷拍，他认为“如果安排的话，演员是做不到的。”

一开始拍长镜头为了突破时代限制，那时候台湾拍电影比较拮据，一部片子都要限定底片的长度。拍两个人的对话，先拍你对我讲话，讲话时你看这个拳头，等拍完你跟我讲话，换我对你讲话也是一个拳头。对一个拳头讲话对演员来说很痛苦，通常都会非常僵硬。侯导觉得要改善演员这种困境，他会一个镜头在旁边把整场拍完。《风柜来的人》初期，侯导才接触到一些电影理论，结果突然发现无法拍电影，有点素人那种混沌被凿开了窍之后的感觉，突然有点无以为继。幸亏一本《沈从文自传》，那个自传的写法很像他的叙事，侯导看了那本书豁然开朗，才又重新知道片子怎么拍。

我对侠客之隐的孤独感同身受

侯导从小就爱看笔记小说，爱看唐传奇，聂隐娘这个故事非常吸引他。侯导非常欣赏聂隐娘这样自由自在的状态，更基于聂隐娘给他自在，所以到后来我们知道聂隐娘已经变成跟原作完全不一样的故事。

我从小看《隋唐演义》，有很多不满的地方，小学三年级发了宏愿要把《隋唐演义》重写，我真的这样做了。从小学三年级就开始搜集唐朝资料，整个求学过程中尽量选修唐朝历史。加上我学民族学，修民族史很难不碰到唐朝。重建一个朝代是太难的事情，要根据写作需要搜集很多资料。碰巧侯导觉得有用，那就一起来完成《聂隐娘》。

《聂隐娘》虽然是摆在历史里面说是武侠，但在我看来还是单纯人与人情感的片子，讲非常非常孤单的一个人的故事：一个武功绝伦的杀手，最终无法杀人的故事。

宣传常说《刺客聂隐娘》是侯导演“首次尝试武侠”，我却认为刺客的定义是不同于武侠的。“侠”强调的是道德观，是行侠仗义，聂隐娘却是“刺客”。她杀人没有对错，只求任务成功。

不是躲躲藏藏才叫隐，光天化日之下以另一种形态现身，大刺刺地杀人，也是隐的一种。我大概对聂隐娘的孤独格外感同身受，这绝非顾影自怜，而是自我选取的与人世相处的一种位置。因为保持距离，所以看很多事都并非身在其中，而像是看一个故事的发生。这样当然要付出代价。

天文和阿城本身都是非常饱满独立的创作者。电影虽然是团队创作，但是创作者其实只有一个人，其他人是执行者身份。可能因为天文跟侯导合作比较多年，所以她会更知道这一点，她会刻意把自己创作者的身份压下去，辅助侯导，执行侯导的想法。

阿城有自己的身份和资历，又是第一次参与电影工作，他还是坚持他创作者身份的，所以跟侯导会有一些着眼点不同、争辩的地方。侯导想把人的关系拍好，阿城的知识太丰富，尤其对器物史的研究很深，一件器物都是一段历史，所以他会很想在剧本里放入大量的器物。比如，他会给聂隐娘跟磨镜少年第一次见面的时候，设定成聂隐娘在打造她的杀手武器，少年在铸他的铜镜。侯导觉得在电影里面复原那时的器物、工匠、打造过程太难了，所以两个人会有点彼此不相让的状况产生。其实阿城明白，所以自己写了一版剧本，直接跟侯导讲，写到这个地步已经都不是他要的东西。侯导运用阿城剧本都不是运用他的剧情，而是运用了很多设定，比如公主和尼姑是双胞胎这个设定。

天心说我们家像一群狼

我觉得天文的文字实在是美，可是没有那么贴近真实，没有那么白话。我妈天心根本没有心思去堆砌文字，她只想着接触现实更多一点。她们两个共同点，用不同的方式在逼近现实。当然她们对于世俗的一些想法不大一样，我妈天心她对改变世界或者影响他人的想法有非常强大的热情。我妈是我们家最贴近现实，对政治什么参与度最高的。

我们的想法都很不一样，家人都是各自创作，一般认为我的文字更像唐诺。唐诺说他是一个评论的人而不是写作的人。我妈妈曾经形容过我们像是一群狼，活在同一个屋檐下是一家人，但是又各行其是，蛮好的一个机缘，此生能够有这样的缘分聚在一起这样生活。我们各自埋头创作，有时候提出来互相讨论，自己对自己的东西负责。写好写坏创作者自己负责任，听起来有点冷酷。他们会给意见或者纠正的都是基本资料性的，会提醒一下你那个人物错了，不会提醒我该怎么写。这次我自己写这本《行云纪》，他们会提醒某段给他们讲得很有趣，怎么不写进去，我觉得你写那段应该可以写得很精彩，要不要试试看。

四、世界是被语言说出来的

李开复，1961年出生于台湾省新北市。信息产业经理人、创业者和电脑科学研究者，曾在苹果、SGI、微软和Google等多家IT公司担当要职。2009年9月从谷歌离职后创办创新工场，并任董事长兼首席执行官。

李开复

除去虚名和成就还剩下什么

《向死而生》是让我们不再忌讳谈论死

我觉得中国人太忌讳谈论死亡了，很少有人真正敢于面对。《向死而生》就是让我们不再忌讳“死”这个字，让死亡成为一个温和的朋友，每天提醒自己人生最重要的是什么。“死”这个字眼是很严重的，我有一个作家朋友本来想用这个做他的书名，但是他跟我说，后来书商不同意，因为太不吉利了，人们不愿意买。

人生之所以有他的顾虑就是人都会死，“向死而生”这四个字有几个意义。一个人在活着的时候往往忘记了自己会死，可能把时间浪费，也可能没有照顾自己的健康身体，更可能没有了解身体非常重要。我们可能柴米油盐酱醋茶每天过着日子，并没有想过最应该珍惜的是什么，人生中最特殊的是什么，我最喜欢做的是什么；也可能每个人工作忙事业忙，在一个经济腾飞的国家里面最多的是机会，反而忘记了其实人之将死，没有人会悔恨自己事业做得不够大，只有人后悔自己没有抓住时间在亲情和爱上面。

很多中国人，过世的时候连遗嘱都没有立，因为家里面忌讳这个，写了遗嘱好像要死。这是一种不负责任的做法，也是一种迷信。立遗嘱难道生命真的会短？买了一本书上面有死，难道就会因此丧生吗？肯定不是这样。我们吃饭喝茶，吃喝拉撒睡都没有去忌讳，怎么忌讳谈死？

自拍为了给家人看，也是一种好的暗示

当病魔真正降临到自己身上的时候，我觉得更多的是渺小感而不是脆弱感。刚开始是很脆弱的，但是因为人的学习和成长，就应该看到那些看不到的事情。如果能够有这么一次噩梦、一段失去健康的经验，有一次顿悟，就会明白以后的人生要重视哪些重要的事情。

很多人对肿瘤的认识还是非常错误的，有人认为得了癌症就一定会死，就算有的能治愈，四期的癌症还是不能治愈，其实并不是如此，我就是一个活生生的例子。另外很多人觉得化疗会掉头发，这些都是不正确的。也有人说你这个治疗一定特别贵，有钱的人才能做，也不见得是这样。对于癌症，做一些功课，了解一下病情，有针对性地治疗选择，挑个好医生接受治疗，主要还是以西医为主，这是我自己的分享，医学方面的因素。

第二方面的因素，自己正向思考。我在书里有分享说，以前有一个医师，他在打仗的时候帮人开刀，没有麻醉药，他就拿盐

水来取代，但是他告诉那些人这是麻醉剂，结果居然有很多人就感觉不到那么疼了，所以其实我们的心理暗示是很强大的；甚至当一个人肚子被划开的时候，他认为那个盐水有麻醉效应，他也就不那么痛了，这是一个很奇妙的现象，在医学界叫做安慰剂现象。其实我认为这不是一种迷信，也不仅仅是一种心理作用，更多是告诉我，我们的意识是可以帮助治病的。现在我们不知道怎么去用它，但我们应该多讲正面的话，保持乐观的心态，保持幽默感，这样的话我相信对自己病的康复也会有很大的帮助。

凌志军曾经在他的《重生手记》里面说，三分之一的癌症病人是自己把自己吓死的，三分之一的病人是被过度医疗医死的，只有三分之一的人是真正病死的。这里提出这一点，别自己把自己吓死，而应该经过正向思维，经过心理暗示，增加自己复愈的可能性。

人生其实是平衡三件事情，我们的事业、我们的亲人和家人，还有我们对社会的贡献或者社会责任感或者慈善的心态。这三者，年轻的时候把事业当做第一位是完全OK的。很多人认为事业和健康是矛盾的，或者认为健康和事业是二选一的，我这本书里面描述的不是该怎么去做，而是这两者并不矛盾。如果我们在健康的各个部分，比如饮食、运动、睡眠上面稍微做得好一点，一天可能最多一个小时的差别，如果你是勤奋的人，一天想工作十二十三个小时，也不会有什么灾难性的影响，反而因为你健康好，睡眠更足，说不定更有精神，想出一些本来想不出的事情。所以我会鼓励大家追求事业是OK的，只是说在你的健康上面要让自己（舒适）。另外一个，纯粹只有事业什么都没有的，还想以后年纪大了再来病吗？可能也来不及，至少在适当的年纪要考虑一下；你除了拼命做事情之外，对社会的贡献，这些也要开始思考，当然自己的人生也是如此。

我觉得一个人的成功是自己可以定义的，我希望大家可以参考，我的存在有没有让世界变得很好，我有没有比以前成长更多，我希望这两个作为建议。当然每个人可能都会对成功有不同的定义，但是这两个是我个人非常认可的。很多人对于成功，以名利或者成就来看待，那是比较肤浅虚荣的。离开了人世以后利是带不走的，名也留不下，人死留名的概念只有当你是皇帝、孔子的时候有一些意义，对我们凡夫俗子来说，其实五十年以后谁都记不得你。所以还不如当时体验，这是一种智慧、成长、感悟。

以前会在乎很多，说难听点是重视虚名

《向死而生》这本书是我的作品，它是全部由我口述，由一些编辑做了整理沟通。纪录片也是我的阐述，但是我说了十个小时，高晓松选了二十二分钟，所以应该是两个人的合作。每一句话都来自我的真心，但是采取哪些部分放弃哪些部分，这是他

作为导演的权利。在二十分钟的纪录片里面，不可能把这本接近三百页的书完整呈现出来，他选择呈现这些在短短二十分钟之内可以得到共鸣的一些点。他跟我说，你是在生很多小鱼，我是打网捞鱼，我捞鱼做出好吃的菜，但是不能说它反映了每条小鱼本身的味道。

经历了这次挫折，我的生活改变很多，陪家人的时间增加了，而且是更用心去陪，而不是坐在旁边刷手机这样地陪。我会更关注我的每个家人需要什么想要什么，希望给他们一些惊喜，跟他们有一些更深的心理方面的接触，希望他们认为我是更体贴更用心更在乎。在公司方面可能更放权一些，一方面自己投入的时间在减少，大家在这方面也有默契。

有些事情以前会很在乎，尤其是跟名有关的，说的好听一点是爱惜名誉，说难听点就是重视虚名。甚至直到生病的时候，我在网上的阐述还是四平八稳，在癌症面前还是非常低调地来阐述这个过程，虽然心里有更多的煎熬。我希望在《向死而生》这本书里，能够把整个煎熬、悲伤、痛苦、忏悔的过程没有保留地阐述出来，希望大家可以看到一个不同层面的李开复。

我有两个朋友最近过世了，其中之一抱着舍不得、恐惧、无助的心理，很紧张地过了最后的两个月。另外一位更多地分享人生，每次见到她都是非常乐观，谈到过去的美好时光，会给我们做一些好吃的东西。她吃完以后可能会拉肚子不舒服，但是还是会去享受一些她最爱的事情，把朋友邀来家中长谈。长谈的时候说到自己死了以后，将要埋在哪里，你要常来看我；我丈夫是一个什么样的人，以后希望你对他表示关怀，他没有我那么强大，他很脆弱，甚至会抑郁，希望你好好照顾他。

这两者的差别实在是太大了。其实应该更多地去学习，至少做到在我的书中提到的，假如人生只有一百天，我们希望跟最亲最爱的人度过难忘的时光。也许我行动不方便的时候用口语沟通，但我希望跟我的朋友去吃我喜欢吃的东西，听我们最喜欢听的音乐，看我们最喜欢看的电影。如果能旅游的话，到我们喜欢的地方，不能旅游就在书本、电视上去看这些东西。我觉得既然时间有限，更要珍惜地去用它，也希望他们离开世界的时候，这个美好的时光还会留在他的脑海里。我会尽快把事业、工作交代了，把时间花在这样一个让人能够美丽的时光里，把更主要的时间花在跟我最亲的人身上，跟他们度过最后一刻。

其实人生就几百个月，那么在这几百个月里面，假如我很健康的话，一年见到我女儿一两周，加起来时间并不多。我们总告诉自己，还年轻，来日方长，时间还很多。其实时间没有想象的那么多，这些事情为什么最后一百天才做？为什么不早一点开始做？为什么不让每一天都是特殊的一天？

马未都，1955年生于北京，专栏作家、收藏家。观复博物馆创办人及现任馆长。

马未都

——

科学和自残不能让你变得更雅

换一个角度思考中国陶瓷的成因

中国陶瓷史是非常严谨的科学。我二十几岁的时候酷爱陶瓷，很认真地读了冯先铭先生主编的《中国陶瓷史》，我认为学陶瓷的人都应该熟读这本书，学美术的更应认真了解一下。了解中国的陶瓷，就了解了中国的工艺史，实际上也就能了解中国的历史。

中国陶瓷器皿的发展，几乎是一个容器革命的历史。人类文明的进程，很大程度上就是容器的革命。最原始的人类，自己的两只手，就是最简单的容器，捧起水就可以喝。容器的革命不停地前进，我们可以把今天的容器想象得宽泛一点：硬盘、U盘是容器，可以容纳巨大的知识；汽车是一个移动的容器，能够让人迅速地发生位移；家里的澡盆也是一个容器……从这个广泛的意义来讲，陶瓷就是中国文明史发展和进化中，最有意思的一种容器，其中包含着巨大的社会内容和历史文化背景。

中国人发明陶瓷有一个久远的追求，就是希望烧得更白一些。陶瓷的两大装饰手段是釉色和纹饰，釉色是抽象的，而纹饰比较具象。今天我们只讲釉色。陶和瓷之间有很大的科技上的差异。今天说的瓷器在科学上是指有一定的透光率，很低的吸水率，并在高温下形成。一般情况下，陶瓷的瓷器上一定有釉，釉色就成为一个外衣。

从釉色的角度去思考陶瓷，我想对理解陶瓷应有很大的帮助。在古人的想象中，理论上来讲，白是起点，黑是终点；但是在烧制的追求上，白一开始就是追求的终点，人们追求尽可能地烧白，白瓷是中国人追求陶瓷的一个终极目标。在陶瓷初创的时期，烧一个白瓷是非常难的一件事情。主要的原因，是因为没法将自然界的杂质去掉。一般来说，所有的陶瓷釉色都是金属的成色，金属在高温下呈现出五彩斑斓的颜色，我们知道那就是金属成色迹的作用，包括彩色玻璃也是这个原理。

白瓷：源于对纯粹的追求

追求白瓷的过程，实际上是在做一个减法。我们希望把白瓷烧白，就要把杂质去掉。自然界中铁的含量超过百分之二的时候，瓷器就开始渐渐变成青色；上升到百分之六的时候，大约就变成了黑色；在百分之二到六之间，就是颜色程度不同的青色。所以白瓷中铁的含量一定要低于百分之二，如果把铁的含量控制在百分之二以下，瓷器就会呈现出白色。大约是在北齐，北朝时期，已经可以烧造出相对意义上的白瓷了。这时的白瓷，在釉厚的地方，白碗的中心部分，以及足的转角部分都会呈现出青色，表明还有一定含量的杂质。就是铁质，存在釉色之中的痕迹。

古人烧造这种白瓷的动力源于对纯粹的追求。所有的追求一开始总是简单而纯粹的。在中国人烧造出科学意义上的白瓷之后的一千年里，欧洲人才能烧出真正意义的白瓷。欧洲，包括中东地区，很长时间之内都还只是釉陶，就是上釉的陶器。釉陶的强度是很低的。

中国瓷器强度非常高，在生活中使用时可以感受到，但釉陶做不到这一点。在嘉世德的拍卖录上，我看到大量的中东10世纪到14世纪之间的釉陶都是破损的，很少有完好的。但中国这一时期的瓷器完好的非常多。

北齐时就已经烧出来很多的白瓷。紧接着就是唐朝，唐朝的白瓷占中国的半壁江山，形成“南青北白”的局面。南方是青瓷，北方是白瓷，南边是越窑，北边是邢窑。唐代政治中心在北方，高科技的东西比较贴近政治中心。使中国人在陶瓷美学上的造诣大大上升一步的，就是邢窑的出现。观复博物馆有一个《瓷之色》的展览，展出了很典型的邢窑作品，其中有非常白的罐子，做得非常盈润。今天你看到的感受不一定非常强烈，但是设身处地在一千三百多年前，那带来的就是非常有冲击力的感受了。当时的白瓷在某种意义上来讲，已经确立了官窑的雏形。

三十年前，我刚接触陶瓷的时候，全世界写有“盈”字款的仅有三件。到了20世纪90年代我去香港，在一个著名的古董店里看到一个刻着“盈”字的碗，当时一看就知道是真的，心里忍不住狂喜。心想跟这个店家商量要怎么买，当时出的价很贵，费了很大劲才买下来。当时以为我买下的那件是老四，现在连四百都排不上了。因为带有盈字牌的这两年挖的特别多，河北省一个考古所一次出土就是六十多件。我凭感觉统计了一下，现在流散在市场上以及在各个文博单位带有盈字的大概有一千件左右。

盈字款的东西，当时的地位很重要。唐明皇用自己的私库——百宝大银库里的东西赏赐给大臣，就是赏盈字款的东西。有点像今天人们送礼送ipad什么的，一个高科技产品，一指知天下。当时百宝大银库一个白壶就跟现在的一个高科技产品差不多，所以皇上才会挨个儿送给大臣。在中国的唐代就可以烧到如此之白的，那就是邢窑。

北方邢窑，是白瓷，南方越窑，是青瓷。陆羽是南方人，站在南方的角度看不起邢窑。他说邢窑不如越窑，那只是他一个人的意见，或许他是站在茶道基础上说的。但是白瓷对中国陶瓷的贡献，在唐代，尤其是邢窑，确实是划时代的。影响到唐代后期、五代时期，到北宋初年，白瓷都有至高无上的地位。

邢窑到了五代时期，就逐渐演化成了定窑，定窑是五大名窑里最老的。我们能看到北宋初年，河北出土的塔吉里大量的邢窑作品，叹为观止。白色中带有一点点牙黄，定窑的白跟邢窑的白是不一样的。我们老说这个人的肤色是白的，中国人肤色的白跟欧洲人的白是不一样的。我们的白是白里透红，一种健康的白，欧洲的白透得有点过，非洲人肯定是白不了。我们这个白，是有差异性的，人类的肤色之白有差异性，陶瓷也是这样。邢与定之间的白有差异的，邢窑有点偏色，偏青，定窑偏牙黄色。

再往后走，就是元代，由于景德镇的异军突起，使瓷器后来的装饰，世俗化的装饰变成可能。到宋是一个分界线，元大量绘画陶瓷充斥市场，人会趋向于俗，趋向商业机会。科技越发达，人就越趋向于俗，这是一个规律。到了明末清初，景德镇已经有彩瓷了，输出到国外，赚了很多银子。德化白瓷的突起，是另外一个意义的白，西方人有多种描述，一种是简单的描述，叫鹅绒白，我们今天说鸭绒，羽绒；还有猪油白的，象牙白的。描述是多种多样的。

中国人很有意思，形容白有各种各样的话，永乐的白瓷是明清以后的一个典范。清代，康雍乾鼎盛时期，一直追摹永乐时期的甜白，甜是一种感受。甜白这个词的出现，不是很早，不是跟永乐同时期出现的。永乐的白瓷出现以后，一直到明末才出现甜白这个词，不是一个偶然。过去中国人吃的糖不够白，都是黑糖、红糖，白糖是一个科学技术，提到如此之白的时候，有了对永乐白瓷的描述——甜白，完全是内心之白，是一种感受。

当时永乐的白瓷，并不白，要拿一个白色的东西做色标对比，就是泛青的，所以追求的白色是内心的感受，而不是真实的、科学的颜色。如同我们描述一个人，这个孩子皮肤真好，肤色真白，这个白一定是适度的。我碰见过一位老先生，当时我不知道他的情况，特别白，我说您这肤色怎么这么白，就是白癜风，彻底白了。这个白就不是很舒服，是很白，但是是一种病态的白。我们对一个事物的感受，总有一个度，从艺术角度上来讲，这个度很难明确地划在哪里，不能用科学的术语表达。

黑釉：一种极致的美学追求

黑釉在东汉时期就出现了，最早的黑釉已经非常黑了，釉的含铁量增加，超过百分之六，就是黑的了。尽管唐代有很多黑釉，但还不是一种带有强烈美学追求的意识，感觉上还是无奈之举。到宋代，黑釉成了一种追求。定窑本来是烧白瓷的，但是也烧黑釉，叫黑定，也叫墨定。福建的建窑，为什么是黑的？跟我们的饮茶习惯有关。在唐朝饮茶是加佐料的，可以加姜、盐、蜂蜜，有点像今天的菜粥，连茶叶一起喝下去；宋代提倡喝茶，没有佐料，一定保持茶香，对于喜欢的人是茶香。宋代提倡喝纯茶的时候，就把所有可能有异味的东西，例如姜的味道很大，全都去掉了。宋代喝茶是很贵族的事情，很麻烦，过程非常漫长。在点茶以后，茶叶出很多的沫，沫挂在杯子边上看茶叶好坏。有点像我们喝啤酒沫，倒在杯子里面，沫马上下去，肯定是啤酒有问题。挂杯时间的长短，表明这个茶的好坏，跟啤酒的道理一样。当时黑盏是流行的。建阳窑含铁量比较高，保温性好。古代没有空调暖气，冬天喝茶会很冷，碗需要保温，只有建阳窑的盏是保温的，喝茶的时候先用火烤一下，很长时间都可以保持温度。

现在流行茶艺。在我看来，艺是一种表现、表演。我做过节目，主办方说，今天有一个茶艺表演，弄了两个小姑娘，穿着艳粉的旗袍，拿一个壶出来介绍，我看着比较恶心，但我不好意思说。这两个小姑娘也不容易，真让我说好，也说不出来。为什么？因为伪变了茶的本意。很多年以前我去日本，当地人招待我说，想看什么，我说想看日本最好的茶道。然后就去了，去了以后，屋子不是走进去的，是爬进去的。通过一个平面，有一个一米见方的洞，有一个台阶，爬进去以后就站不起来了。屋子特别矮，很小，日本人都是跪坐，我们这样坐不行，没有练瑜伽的都跪不住。然后，进来一个老太太，七十多岁的样子，妆化得很精致，穿得非常庄重。音乐是没有曲子的，在这个屋子里坐着，突然听见有一个声，又一个声，没有旋律。

老太太沏好一杯茶，用盏端上来，就杯子底一点。我学着人家，转，来回弄，喝完了以后，正准备正经喝，人家说没了，就这一杯底。后来我在一本书里看到一段文字，是日本茶道的鼻祖千利休说的，茶道就是去掉所有没用的东西。日本人就是这种宗旨，所以才用了黑盏。在我们一生中，没有多少机会捧着黑碗吃饭。平时都用的话，会影响心情，受不了。

但是，古人是有感受的，什么时候用黑，什么时候不用黑。黑作为宋代陶瓷的一个追求，是有实物存世的。到元明有一个短暂的时期，到了明朝，黑瓷就很少了。到康熙的时候，出现了中国的黑瓷，叫乌金釉。

青釉：如冰似玉的珍宝

瓷器另一个大项是青釉，在商代就出现了。原始瓷跟现在的瓷器从科学角度看还一点差距，但是从很多数据上看已经很不错了，比如烧的温度比较高了，硬度也比较高了，敲击的声音比较清越，吸水度降低了，等等。这种叫做原始青瓷。

茶圣陆羽对唐代越窑的青瓷评价非常高，如冰似玉，质感非常好。越窑最终成就了秘色瓷，历史上都有记载，看到实物是在1987年，在法门寺偶然出土。同时出土的还有一个账本，写了一十三具秘色瓷，一下子把困扰中国上千年的问题解决了。秘色，不是一个具体的描述，就是一个很秘密的颜色，这个颜色是青色中略带一点灰。唐代时候的青瓷，烧不了宋以后那么美丽。

这种颜色，不是当时刻意的追求，是没有办法使青色烧得更为漂亮。宋代五大名窑，定窑之外，剩下都属于青瓷类。再有就是柴窑，史书上记载得很清楚，柴窑出北地。后来学者拼命解释北地是哪里，站在南边往北边一看都是北地；有一个学者说，北地就是景德镇，这是站在广州角度说的。后来查《史记》才发现，北地有实际的地名，北地郡，就是耀州窑辖区，有点像北京说东城，站是一个具体的地名，而不是一个城的东侧。

柴窑应该是陕西耀州窑系，耀州窑有一个地方出土了很多残件，真是非常漂亮，不能想象一千年前的瓷器烧成那样了。北宋是越窑和龙泉，龙泉被烧漂亮的时候，越窑就被市场淘汰了。

今天苹果的手机很漂亮，拿了这个漂亮的手机，就不爱拿诺基亚了；拿着诺基亚的时候，就不喜欢拿摩托罗拉的大哥大，就是一次一次的淘汰，看市场的生存能力。龙泉到了南宋以后，质量迅速提高，跟政治有很大的关系。中国的政权南宋北宋是一个大迁移，从北边迁到今天的杭州，就是临安。杭州距离龙泉，距离近很多，政治中心的转移，导致了科技布局的重新开始。龙泉窑迅速成为一个很受市场喜欢的，具有极强生命力的瓷器。同时釉开始革命了，北宋釉是透亮的；南宋的时候，是不透亮的，包含所有的地域特色。耀州窑是甘蓝青，龙泉是梅子青；北方人粗犷，颜色深沉，南方人细腻，颜色就柔美。

酱釉：低成本的美艳取代漆器

酱釉是一种追求，不是天然生成的颜色。严格意义上的酱釉，宋以前没有出现。宋代为什么出现酱釉？主要跟漆器有关，漆器是高贵的器皿。玻璃工业，从战国起到汉、唐，一直非常强大，为什么入宋以后，找不到玻璃器？就因为陶瓷的一枝独大，把它灭杀了。漆器以前有极高的社会地位，贵族都使用，由于陶瓷的低廉成本和良好的实用性，漆器很难生存，宋以后急剧减少。漆器成本非常高，一个漆器的碗抵得上十个陶瓷，甚至一百个陶瓷的成本，所以很难生存。

历史上有很多专门的窑，定窑就是白瓷，耀州窑就是青瓷，主要窑口对着主要的瓷器。有一个很奇怪的现象，就是酱釉在明清以后一出现，就是在夹缝中生存，量不大，但是一直有。而到了清代以后，尤其雍正乾隆时期，酱釉地位开始提升，名字都变了，叫紫金釉，因为当时景德镇的土都叫紫金土。

中国清代的官窑，从顺治开始，康熙、雍正、乾隆、嘉庆、道光、咸丰等十朝，鼎盛时期是乾隆时期，高达百个官窑品种，各色颜色釉等。依次递减，到了宣统一朝，清朝最后三年，陶瓷的品种只剩寥寥无几的几个，粉彩，还有紫金釉、酱釉。为什么这么一个看似不那么讨好的釉色，能够留到最终？一定包含着道义。

酱釉很有意思，说它浅也不算，深又深不到头，你进它退，某一个瓷器生产出来，它就退到一边。永远站在一个犄角，又不能没有它。封建王朝最后拉上大幕的时候，居然就剩下它了。仔细想一下，我们中国的男演员一号是谁？葛优，长得也不精神，不英俊，一开始没有演过什么大人物，这两年也没有演过什么大人物。从来不去争，熬到最后成为中国男一号，道理是相通的。

当时很多最英俊的人，都没有熬成这样，这就是哲学。

官釉：永远的配角，却站到最后

盈字款开官窑先河，代表官方的代表，秘色也是官方的态度。到了宋代，由于皇帝个人爱好，使瓷器由白变青。白瓷流行时间过长，之后就逐渐没落。北宋的汝窑、官窑都是青色。宋南迁以后，依然沿袭这个追求。除了美学以外，还有很多哲学思辨，乃至政治学的思考。中国陶瓷美学的高峰在宋代不可逾越，就是包含了政治。后面的美学就是美学的，无法超越，没有政治的思考了。元明清以后所有官窑的仿制，都是一层皮，不再想内容了，因为没有那种感受了。

宋代五大窑，汝官哥定越。曹钊说，哥窑仿制的官窑非常相似。新中国成立以来，宋墓没有出土哥窑，出土哥窑全部是元墓。周杰伦唱过一首歌叫《青花瓷》，我跟方文山聊过，他说写的就是汝窑。青花瓷的名字是后来改的，因为汝窑听起来比较怪，名气再大，也不容易传唱。台北故宫汝窑大展的时候，我看过，有的东西确实有很多感慨，我二十几岁见这些东西都迈不开步，现在看什么都迈得开步。

色斑釉：宽泛审美，无意中的巧合

在唐朝以前，陶瓷不见标准意义的色斑，因为不是一个追求。宋以后开始点彩、铁锈斑等，看得出来是主动追求；景德镇点褐彩，但是这些延续不下去，因为中国人不是很喜欢这种颜色。白瓷上点三个点，会认为是烧坏了，不觉得好。今天大部分人审美都比较宽泛，什么都能够接受，尤其对服装，没有审美标准。我们小时候穿衣服，要看肩是否合适，裤长是否合适，今天拖在地上都可以。还有七分裤、八分裤，小时候裤子稍微短了就被人讥笑，今天叫做时髦。世界上的事情都很怪，人家说最土的就是白袜子、黑皮鞋，迈克•杰克逊就是这样穿，却没人说他土，所以就是没有标准。色斑也是这个概念。

在元朝的时候，龙泉青瓷中点过褐斑，日本人叫飞青，捧它为国宝，我们国内没有，大博物馆里面没有正经的产品。为什么？因为我们审美不认可，心理上不接受，这些就流向了日本。清代康熙的时候，国家强盛，心态放松，审美就比较宽。又出现了色斑作品。到了康熙，虎皮三彩等都是创新品种。

过去陶瓷是追求人工，不追求自然。当人工能够游刃有余地操作的时候，就开始追求自然，开始仿自然的纹理，宋代、唐代都有仿生，清代就是无所不仿，都做到了极限。果品蟹盘都是瓷器仿生的，还有玳瑁。

工业化的目的就是抹杀个性

科学有标准，文化无标准。有标准的东西撞上无标准的东西，强行把无标准变成有标准，就变成OEM，定制了。

我们对科学的理解，有很多种看法。现代科学有一个分界线，就是用人工合成了这个地球不存在的东西，高分子化合物，这是人类踏上另外一条路之时。合成什么都不可怕，比如说把小麦磨成粉，加上鸡蛋蒸成馒头都不可怕；可怕的是，合成地球上没有的东西，改变了文明，不是文明，是改变了自然的进程，这就非常可怕了。

我们今天的个性化存在为什么不能生存呢？因为工业革命的一个本质就是抹杀个性。只有抹杀个性，才存在竞争力。工业革命以后，有了流水线，觉得好玩；时间长了，觉得特别烦人。工业化生产的某一个品牌的某一个型号的鞋，肯定是一样的；但是手工的鞋，无论怎么想缝成一样，都是有差距的。这就是个性化的存在。工业化的目的就是抹杀个性，抹杀到一定程度的时候，突然发现是伤害自己，今天工业化革命的时候，也强调个性的存在，要求比较少的数量的定制。很多人怕撞衫，要单独定制，这都是开始向另外一个方向走。

定制陶瓷是一样的，肯定有客观要求。因为今天要生存，生存是要大众化的生存，要让这个东西有市场，就要制定标准。放弃标准，就是个性化的生存；个性化的生存，就是艺术家的存在，这些人都是极具个性的。我们看美院的学生走出去，跟所有高校的学生是不一样的，为什么？这就是个性的价值。

模仿是创作的第一步，功利性让人目光短浅

我们对陶瓷有困惑是正常的。今天所有的设计，在商业社会当中很难逃脱一个制约，叫功利性，功利性让人变得非常茫然。很简单的一个事情，可以看出功利性造成的很大影响。

现在新画的画尺寸都非常大，比较小的图，都是早年画的。这就是功利性，因为大画价格高，因为今天的价值需求。中国今天的教育问题，在很大程度上，都限于功利，都要求自己能够尽快做出成就。古人有的事情是摸索了很长时间的。我们今天说有价值的东西，很多并不是当时的追求。康熙时期烧乌金釉的时候，只是体现当时大帝国的能力。现在回过头来发现，历史上的每个点都有其存在的价值。

由于功利性的出现，导致我们的作品变得功利，不光是陶瓷。功利的东西都局限于这个框架之内。什么叫框架之内？就是说只读自己专业的书，不读专业以外的书，这是最可怕的事情。搞影视的就只读影视方面的书，专业以外的东西一概不知，或者读也是读很浅的书。要想在专业上有突破，一定是专业之外，多读其他类型的书。

我看电影很少，这两年记忆最深的是《功夫熊猫》，当时对这部电影有一个评价，八个字：深者看深，浅者看浅。五六岁的孩子看着很乐呵，如果很深地思考，每句话里都有杀机。当你能

写出这么简单又深奥的台词的时候，一定是看了很多书，这就是道理所在。

复古与创新：中国人自残文化成传统

中国人为什么要复古？首先是我们对文化的坚守。我们曾经希望将这个文化彻底破坏掉，建立一个新的文化系统，以示我们能够很好地生存。当年的辛亥革命，还有五四运动都是这样，但是我们做不到。为什么？因为有一个基因改变不了，就是我们的文字系统，跟其他国家的文字系统不一样，导致中国人只能在这个框架中想问题，一旦出了框架，就不能自救，然后就会变得非常茫然，不知道该怎么办。这是一个很具体的问题。

今天看到的很多茶具设计大奖当中，有百分之八十的作品都是无想法的想法。我们希望理解中国文化，就是这个东西拿出去，一看就知道是中国的。日本的文化符号非常清晰，一看就是日本的东西，就是不一样。为什么？因为清楚地传达了日本文化符号。我们伤害过我们自己，所以在使用的时候，不坚决。我很难看到，既是中国文化又是一种创新，为什么？因为自己的就不坚决，中国人都在伤害自己。我们的社会、城市都是不停地在自残，到今天还是这样，这是我们文化的特点。

我们今天还能够有幸看到故宫——明代的皇宫，是因为清朝人不会盖房子，就勉强使了。满族人骑着马进来，一开始是支帐篷的，看着挺好，就住了。现在我们看不到元以前的宫廷建筑，就是因为中国人喜欢拆。保存到现在，唐代以上的建筑只有四座，山西保存有三个。我们毁了文化并不伤心，我到景德镇去，看到景德镇有一个红塔，朱元璋当年还躲进去过。新中国成立的时候还有五个塔，后来拆了四个塔盖猪圈了，说是废物再利用。这就是中国人的问题。

傅佩荣，1950年生，祖籍上海。曾任台湾大学哲学系主任兼哲学研究所所长，比利时鲁汶大学与荷兰莱顿大学讲座教授。2009年6月，在央视《百家讲坛》主讲《孟子的智慧》。

傅佩荣

你要对朋友用《孙子兵法》吗

西方的百家争鸣VS东方老师的一言堂

任何学问都不能离开人的生活，离开人生谈哲学，内容非常空洞；离开哲学谈人生，人生很盲目。传统的学院派哲学一般比较艰深，但最早的哲学不是这样的。像古希腊，苏格拉底在街上跟别人聊天，他的学生柏拉图记录对话形成对话录，非常生动。只是到近代，大学制度兴起后，很多大学教授专门研究哲学，到最后变成是一个圈子里面的一些名词概念、思维的逻辑在发展，反而忽略了实际的人生现象。

在我看来，哲学有三个重点，第一培养智慧，第二发现真理，第三印证价值。智慧有两个特色，一个是完整，一个是根本。第二发现真理，我们不能讲发明，天下没有任何东西是我们无中生有的，我们都是发现它本来在那儿，现在被我们发现了。所以在希腊文里面，“发现”和“真理”是同一个字根。第三印证价值，就是一定要实践，你不管学得再好，讲得再好听，一定要实践。如果你落实不了，或者落实之后不能改善生命的品质，那等于是空谈。

任何一种文化，只要发展一段时间之后，都有它基本的理念。理念就是我们这个文化认为怎么样做人才是对的，我们认为善恶是非美丑怎么判断。所以西方文化有它的哲学，印度文化也有。中国文化源远流长，当然有自己的哲学。如果说没有自己的哲学，等于你没有基本的理念，糊里糊涂地这么一代一代传下来。也搞不清楚到底活着是为了什么，也不知道有哪些东西比生命还重要，人生的目的是什么，都搞不清楚，这是我们没办法接受的。

西方的哲学，是从苏格拉底跟别人对话、聊天开始的，他的学生柏拉图写《对话录》，这就是西方那一套对话。对话有一套规则，我说话代表我的主张是正方，你跟我不一样，代表你是反方，有正有反就有和。所以只要任何对话出现的时候，一定是有一个正方，有一个反方，两边互相参考对方的观念，加以修正自己的立场；到最后整合起来，所以后来讲辩证法，正反和就是从对话来的。西方讲对话、讲辩证的时候，不太重视结论，而是重视思维的过程合不合逻辑。西方那一套哲学演变下来，非常重视知识论，知识论就是人在认识的时候，究竟能认识什么。我们现在看一本书，说里面有知识，什么叫知识？人的认识有什么限制？范围到底有多广？西方重视这一套。所以跟他们后来发展的科学、重视严谨的思辨构成、做实验等等都有关系。中国不太一样，中国的儒家，像孔子、孟子，很少跟学生对话。《论语》里面都是学生问的，也不知道谁问的，孔子直接回答。回答就是结论，别吵了，这是老夫几十年的心得。学生很年轻，问任何问题，孔子一句话搞定。

这些也影响到现在中国人的处世方式。儒家、道家一路下来，让中国人都希望老师应该有特定的条件，你如果在家里没有准备好，你没有成一家之言，最好不要出来说话。西方的老师是，且站且走，慢慢改善。他可以当老师，跟学生一起研究，一起进步。中国一向认为老师应该准备好了，如果这个老师教学相长，一面在教，一面在学，学生就会不放心。他要找一个最好的老师，最好所有答案都有了，这是两种不同的思维模式。

中国人讲究老师教学问，同时教做人，这两个不能分开，所以中国人比较强调经师人师最好能够合一。西方到后面的发展纯粹是一个学问而已，百家争鸣，西方到现在还是一样。中国的百家争鸣在先秦春秋战国时代出现过，发展到后来很少，一般说就三套思想——儒家、道家跟佛教。但西方到现在还是各种思想都有，非常热闹，但有一个缺点，他让你思考之后不给你答案。所以西方社会比我们还要陷入迷惘。

今天要谈国学，就要谈真正的儒家

我们讲“信仰”的问题，不能立刻想到某某宗教的信仰。中国人一直有信仰，以孔子、孟子来说，他们信仰什么？信仰天。

所以孔子说“五十而知天命”，代表什么？古人都信仰天的，所以帝王称为天子。古人都相信天生出老百姓，然后天子是天的代表，所以我们对天子要尊敬，他领导我们过幸福的生活，所以我们相信的是天。到孟子的时候还是一样，“天将降大任于斯人也”，看到没有？天要给你大的任务，要考验你，都相信天。

但是从汉代以后，天子可以祭天地，诸侯祭山川，一般老百姓只能祭祖先，所以中国人的传统里面都把信仰这种情感、情操投射到祖先身上。所以外国人认为中国人最强调祖先崇拜，每个中国人生下来就知道我有历代祖先，我这一生不要让他们丢人，我就会努力。这种信仰的力量就表现出来了。

现在看来我们的文化与传统有断裂，这种断裂从五四运动开始就已经出现了，比如说“打倒孔家店”。我们要知道在清朝末年的时候，国势很弱，当西方的殖民地很惨。这个时候总要找一个替罪羊，于是就说儒家是罪魁祸首。如果对历史稍有了解的话，就知道儒家基本上分两套：孔子、孟子是真正的儒家；从汉代董仲舒以后，就稍微扭曲成满足帝王专制的需要。

帝王专制和儒家的思想基本上是不合拍的，所以儒家孔孟思想在封建时代还勉强可以配合，君君臣臣父父子子，但是到帝王专制时代，所有的儒家学者一直到清朝末年，都必须面对挑战。那他们怎么办呢？他们就把儒家里面适合帝王统治需要的拿过来扭转一下，到最后变成是儒家来巩固统治者的权力。

政权有时候有问题，有问题的话，儒家也没有办法批判，最后只好顺着这个政权走。等于是儒家教我们守礼教，这叫不合人性，只是适应统治者的需求。但是因为你大权在握，掌握整个社会发言权跟教育权。所以一般老百姓觉得儒家就是教条八股封建，就是要配合统治者。所以到后来，五四运动打倒孔家店是合理的，因为它里面所描写的礼教吃人确实是很过分的，但是我们要说明那不是真正的孔孟。如果今天谈哲学，谈董仲舒，到朱熹、王阳明，我们自己应该先搞清楚。因为他们这些不管怎么样，都是在帝王专制的前提下建构的思想，今天要谈国学，就要谈真正的儒家。那个儒家你学了之后才发现，的确是体大思精，能够配合人性真实的需求。

人性不是本善的，关键在于真诚

我学哲学，先学西方的东西，知道如何从历史、文学、艺术里面提炼出基本的理念。之后再念中国的国学，就很容易分辨哪些是我们该学的，哪些是已经被淘汰的。比如今天很多人讲法治社会，他说我们要学法家，这是脑袋不清楚才说这种话。法家是秦始皇搞的，他用李斯，当时还有韩非子，成功统一了中国，但秦二世十几年就亡了。法家完全是尊君卑臣，利于专制政体巩固他的政权的。今天这个时代，怎么能谈法家呢？法治跟法家是两回事，所以今天如果讲要学国学，学谁的？学韩非子，我觉得搞错了。还有人说要学《孙子兵法》，因为美国西点军校他们都学。他们学可以啊，你这边学的话，你还用那个作为你做人处事的原则吗？你要对朋友用《孙子兵法》吗？

人在社会上的所有行为大体上都分两面，一面是做出来的形式，一面是内在的真实内涵。我们要强调内涵，但是如果没有形式的话，内涵也很难表现。对于穿汉服，或者让学生向老师跪拜这种形式，我个人不怎么赞成。但是我也不会特别去反对，我觉得只要这一群家长认为不错，同意孩子向老师跪拜，老师也认为不错，当得起让学生这样跪拜，那我们有什么意见呢？现在是自由社会啊。

人类世界最怕虚伪，而儒家真正的精神在于真诚。所以我总觉得，在一个环境里如果大家都支持某种形式，我们没有理由去赞成或者反对，只不过我要特别强调精神才是关键。让一个人学会为什么要尊敬老师，从内心里面尊敬老师的角色和他的责任都是好事，师严然后道尊，老师受到尊重，老师讲的道理学生才愿意听。如果老师没受到尊重，他拼命讲，讲得再好，学生也觉得无所谓。所以在今天这个时代，我们常常听到一句话：矫枉必须过正。我想需要一点时间，让大家真正把握到儒家的真精神，这个比较重要。

朱熹编了《四书章句集注》，隔了不多久，到了元朝就把这书当做科举考试的参考书；到明太祖洪武二年，朱熹的书变成科举的教科书。从那时候起，朱熹的思想就主导着所有中国读书人的思想。所有读书人只要读《四书》，一定读朱熹的注解，违背他的注解就是有问题的。到了清朝的时候，曾经出现过反动，批判朱熹的思想，批判得很严重，但是后来抵不过科举这个大方向。

今天我们说，朱熹讲的对不对呢？朱熹最主要的解释是人性本善。但是孔子、孟子都没讲人性本善，到汉朝后期才有人提到。第一个最接近这个想法的是唐代的李翱，李翱跟韩愈是好朋友，两个人经常互相通信讨论《论语》。到唐代才有人提出来人性本善，为什么？因为要对抗佛教，佛教传入中国后势力很大。佛教讲性空，人性是空的，叫你不要执著，要有智慧。儒家说不行，人性怎么可以空呢？他说性不是空的，性是实的。佛教讲空，儒家就讲实，讲实的话就有问题了，别人问你如果是实在的话，那内容是什么呢？就找书，孟子说“性善”，这两个字，性是实的，是所谓的性善，这样就变成性本善。事实上孔子、孟子从来没有把人性看作本善这两个字，因为本善这两个字跟人性配合在一起的话，是说不通的。为什么？因为人生下来如果是本善的话，那这一生是怎么回事呢？为什么作恶呢？所以这个完全不符孔孟思想。

孟子说一个人吃饱了，穿暖了，生活很优哉，而没有受教育，就接近禽兽。那我们就要问了，如果人性本善的话，为什么一个人没接受教育，没有老师的教导，就接近禽兽呢？所以孔子、孟子从来不认为人性本善，他顶多认为像孟子说人性跟善的关系，就好像水向下流。这是孟子说的比喻，他说在自然情况下，水一定向下流，所以人在自然情况下一定会行善，我把这个称之为人性向善。你说人性向善，为什么人会做坏事呢？孟子继续说，用手泼水，可以让水高过额头飞起来，用管子接水可以让水倒流上山。水本来向下流，但是用手泼水，用管子接水，外在的力量影响着人性自然的状态，人就会去做坏事，这是孟子的想法。

朱熹说人性本善，把儒家的这些想法整个都忽略了。所以这几年，我只要谈儒家，一定会强调人性不是本善的，关键在于真诚。因为人可能不真诚，人不真诚的话，就会计较。这个时候没有善恶问题，只有谁比较聪明的问题。人一真诚的话，觉得如果不孝顺，父母亲心里会不安，坐车看到老人家不让座，心里不忍，这是真诚。如果一计较，就不得了，老太太上来，要不要让座呢？我要计较一下，这个老人家刚刚运动完毕，看起来精神不错，哎呀，我昨天开夜车太累了，这个老人家看起来比我还体力好，这叫做计较。

如果按照计较这个路线走下去，这个社会不得了，每一个人都互相计较，是很麻烦的。儒家希望你真诚，不要管利害关系，只问该不该做这个事儿，只要我该做，再怎么困难我都做。

经典大多被曲解，中国人苦于“摸索”

我这几年，几乎每个月都有好几次机会在大陆各地跟很多朋友接触，跟他们一起讨论问题。我发现根本就没有任何隔阂，为什么？因为大家都想追求真正的国学，目标是一样的。在追求的时候，大家都根据经典，不是你说我说，而是经典上怎么说。但是经典需要诠释啊，诠释的时候谁的对，就要拿出证据来，并且更重要的是你还要加以实践。如果我一天到晚讲儒家，结果对别人不真诚，我自己也觉得惭愧。别人看到我教儒家，看我确实做到真诚，看到我好像蛮快乐的，他就觉得这个解释恐怕可以参考。假设我今天学道家，学道家之后跟别人斤斤计较，总是不快乐，这也不好。所以我比较强调学儒家让你知道怎么处事，怎么跟别人相处，要照规矩互相尊重。学道家的话，让你学会怎么样自处，遇到什么问题，很容易化解。因为每个人都有自己的处境，千万不要抱怨。跟别人相处用儒家，跟自己相处用道家。

但中国的文明，很多专家都说了，它是早熟的文明。早熟就是说，当西方各国还在摸索的时候，或者完全靠宗教来做规范的时候，中国已经发展出了哲学思想。已经用思考的模式，掌握合理的生活方式。在这几千年以来，人性没什么改变，比如看到一个好人会喜欢，看到一个坏人会生气，这是人性。如果说这个成立的话，在人性没有改变之前，中国的儒家、道家这些古代的经典，一定是适用的。只不过现代人有责任用今天的话来说明，这就是为什么我花很多时间去解释这些经典呢。要不然你今天随便念一句老子的话，别人根本不知道在说什么，就像念上善若水，很好听，但是大家都觉得似懂非懂，这不是办法。一定要让这些经典说白话文，让它可以和我们的生活经验直接接上线。

学经典一定要学到正确的。学到正确的有两个原则，第一个是经典必须做原文的说明，你讲这一句，他讲那一句能不能沟通？能不能连起来做一个说明？这可以经过公开的教学跟讨论。第二个更重要，经典跟经验要配合。比如孟子说一个人如果真诚，就没有比这个更大的快乐。你就要试试看，今天完全真诚，会不会确实很快乐？跟去做什么事情成功了、交朋友成功了的快乐是不是不一样？我们常常说问心无愧，心中坦荡，那种快乐是难以想象的。

萧言中，1965年出生于台湾，漫画家。与蔡志忠、朱德庸、敖幼祥并称台湾漫画界四大才子，以其在单幅漫画上的创作成就和影响力，获得“单幅漫画第一人”称号。

萧言中

——

偏偏从小不爱读书

漫画家需要有“先天”的幽默感

在我小时候，台湾人都觉得唯有读书高，别的东西都少碰。可是我偏偏从小就不爱读书，就爱画画和上劳作课。还好因为哥哥妹妹功课都很好，帮我分散了父母的注意力，所以父母都不太管我。反倒是哥哥妹妹大学毕业后，特别羡慕我从小到大一直在做自己感兴趣的事情。

漫画家必备的心理素质是幽默感。单幅和短篇漫画需要有幽默感，没有一点先天的幽默感是处理不了的。因为我是一个蛮好奇的人，生活的丰富多彩对我的创作蛮有帮助。画长篇就要常阅读优秀的小说、故事、戏剧，不管是电视还是电影，都可以吸收一些相关的能量。

作为漫画家，最大的困难就是想创作出好质量的作品太难了！需要相当丰富的生活积累。创作需要大量观察、阅读，然后在生活中沉淀，才会有新的想法。特别是单幅漫画烧“点子”烧得很快，一天一个其实很辛苦，不像连环漫画，有故事情节能够拆镜头画下去。

我喜欢简单，单幅漫画是最简单的形式，没有再简单的了。第一它符合我的性格，我从小就在练，在教室上课时不专心，经常在小纸头上画一个东西丢给同学看。第二是我高中毕业后觉得不应该跟家里伸手要钱，所以就到处参加有奖金的漫画比赛，后来得了奖，被邀请在报纸开专栏。

专栏的准备时间只有一周，你要画什么内容、什么形式都随你。我看到报纸上已经有了蔡志忠跟敖幼祥的四格漫画，专栏除了少数的政治漫画以外，没有单幅的幽默专栏。我不喜欢做别人做过的事情，所以就画单幅专栏连载，这样一直画了几十年下来。

漫画背景不存在问题，比如楼上有一个狙击手，我把它简化掉，勾一个大楼轮廓画两三扇窗子就交代完了。我更着重于内容，现在正在发生什么？或者之前发生什么？之后又会发生什么？它是一个陷阱，把情节变成一个快乐的陷阱，让读者不知不觉踩下去，夹中了就会觉得开心、有趣、好玩。在过去、现在、未来，这三个时间要素里面选择镜头，需要比较精准的判断能力。

我们培训漫画家，却不培训编辑

我觉得台湾漫画家和大陆漫画家之间区别不是太大，可能台湾接受外来文化的冲击更早一些。我小时候看过很多像《小叮当》这样的日本漫画，以及《X战警》《蜘蛛人》《蝙蝠侠》等欧美漫画，台湾漫画受到外来图像的冲击较早，后来又经过几十年的沉淀，在作品风格上相较大陆漫画稍显活泼。

台湾早期也有一些像大陆的《大闹天宫》那种经典作品，都是老一辈的作品。后来意识到应该让一些新生代漫画出来，才有很多自发性的发展平台，比如“《中国时报》”办过漫画大擂台，用打擂的方式激发大家投入动漫创作，我就是在这样的时代下出来的。

有了网络之后，在信息接触方面两岸没有什么区别，区别还是在于生活沉淀。从20世纪80年代到现在，我坚持了三十年。

近些年大陆新兴漫画家的素质都很好，只要能够坚持创作下去，加上生活经验和阅历的积累，作品肯定都能产生足够的影响力。

我们老讲日本漫画很发达，又有周边玩具又有电玩，又能改编电视电影，其实是因为他们都是整体规划性地在发展，我们却没有。中国人都是自己画自己的，我们培训漫画家，却不培训编辑，没有好的编辑去协助漫画家。我们不培训漫画经纪人，没有好的经纪公司很难形成规模，这些都是环环相扣的。所以很多新人单打独斗，很容易失败。因为台湾的漫画界经历过这些，我希望大陆能够尽快形成一个好的模式。电影戏剧也是这样子，如果有成功的模式，就会吸引更多的人投身这个行业。越多人投入，养分越多，就会较快形成产业链。

《笨贼一箩筐》

我自己做剧场做了三十年，非常清楚拍戏的艰辛。我的性格很直，在排练过程中会提意见，有时候就会造成干扰，未必是好事情。

在排《笨贼一箩筐》的过程中，第一，因为笨贼本身是可爱善良的，可以把欢笑跟温暖带给观众，在这一点上，我和剧团达成了共识。那么就充分信任，让他们放手去做。

其二，剧团的团长、制作人孙恒海跟我有非常深的缘分。我们两个都是巨蟹座，生日才差三天，我是六号他是九号，只是数字颠倒了。聊过之后，发现两人有很多的相似点，而且我特地飞去看过他们剧团演出的《驴得水》，很放心。于是我就放手，不去干扰他们排戏，连彩排都不看。首映当天第一次看到完整的戏，我特别激动，因为我看到整个戏的精神原汁原味地保留了。

一个优秀的喜剧，要做到笑中带泪，泪中带笑，它的质地应该是干净的。我不喜欢一部戏讲得太复杂，或者故意搞得让人看不懂。我希望它是一部空间明亮的戏，有清楚的词、清楚的剧本、好的节奏，能够快速把观众引领到情境里面，让我们去牵动他们的情绪，然后去欢乐、去掉泪。

《笨贼一箩筐》是一个全新的作品。好的创作应该是这样，必须消化原著的精神。如果只是单纯地把漫画的点子塞在里面，剧情不连贯，做法就是不对的。我跟恒海聊戏，他分析了我的漫画，知道主要精神是什么，然后再重新组合这个戏。所以主要精神是存在的，漫画感也是存在的，那个干净、温暖的感觉就体现出这是一部成功的话剧。

集结两岸文化创作是我的使命

有人说，我除了是漫画家和艺术家之外，还涉及编剧、导演、演员、主持人等等，这些身份我都挺喜欢，但最最能够独自掌握的还是漫画。因为漫画不牵扯到人与人的问题，画漫画的时候自己是导演，是演员，也是摄影师。但是剧场问题不一定出在创作上，演员的情绪问题、家庭问题，你都要帮他化解，让他心理在场上状态稳定才会有好的表演。人的问题比较麻烦，又跟创作无关，不像处理漫画时没有其他因素干扰。

我是一个特别喜欢简单，很怕复杂关系的人。那么涉及这些不同的职业，怎么权衡时间的分配，其实蛮乱的，我从来都没说过我处理得好。有时候又做连载又主持节目，排练场中间休息十五分钟，就赶快把纸笔拿出来在现场画画；外景队收工了，人家出去吃喝玩乐，我得回房间画漫画攒稿子，搞得自己很尴尬。

我玩过音乐，玩过戏剧，并且持续在画漫画。我想把这些能量汇聚在一起变成一个更大的平台，让更多的创作人可以进来合作，产生更多的内容，未来也可以加入电影、电视、音乐等内容，都是可以的。我要做的是集结两岸文化创作，向世界发声。

蔡志忠，生于1948年，台湾省彰化人，漫画家。1983年开始创作四格漫画，已有《庄子说》《老子说》《列子说》《大醉侠》《光头神探》等一百多部作品在三十多个国家和地区出版。

蔡志忠

—

太胖影响思考

不要把整个精力拿来做所有事

我出生在台湾中部一个靠山的小村庄。到三岁半，我的小老师教会了我，在我大脑里面有一百到一千个故事。在教堂里面，我看到了彩色的图画，我看到《圣经》里面的人物每一个都很厉害，但是我什么都不会，我自己就很着急。到四岁半我终于想通了，我爱画画，只要不饿死我就要画画。很惨的是那个时候没有画画这个行业，唯一可以做的就是画电影招牌。

我比较不一样，我认为漫画是通过漫画讲故事。我看过非常多的书，我看书的内容很深。十五岁时我立志成为漫画家。很多人说，你当时念书会不会很难抉择？我说不会，我一生都要以画漫画为业，十五岁刚好有人请我画漫画，我就马上出来画漫画。后来当兵退伍后，我工作五年。后来又开动画公司，得了金马奖。三十七岁的时候，我在银行里面大概有两百万人民币存款，三栋房子，我觉得这一辈子高峰已经过了，就结束公司，到日本四年。那时候的心情就是，我离开了台湾，就要一辈子做画画这样的事情。

十年前，我研究国学，我觉得没有东西能超过物理，那时候我自己都觉得，我每天都比前一天还要聪明。所以我就在最聪明的时候做最聪明的事，1998年3月3号开始，基本上是离开了我原来的公司。我本来以为三年可以完成，后来十年才完成。后来我又研究数学。十年后的心情就是，我连死都可以了，因为我在世界上该做的事都做了。

这十年中间，我一共画了十六万张画，文字一共写了一千四百万到一千六百万字。当然，我现在出的书和以前画的不太一样。因为以前是画别人的思想，是画诸子百家，现在是画我心中的想法。我认为每一个人只要改变观念，都可以厉害十倍到一百倍。我一无所有，我的父亲不是有钱人，也没有地位，我也不是硕士、博士，我办得到，应该所有人都办得到。所以我写这些书，就是希望读者能够通过这些方面改变自己。

我在画诸子百家的时候，先后画了唐诗三百首，画了白居易，别人都非常羡慕。我说一个人可以在一整年只做一件事那是最大的幸福，十年只做一件事是超级大的幸福。我最喜欢的就是一个人在座位上。我从婴儿开始每天就三点多起床，因为我妈妈要起来做猪食，所以《时间之歌》开始要献给我的母亲，她培养我每天三点起床。我现在大部分时候在一点钟就起床了，然后画画，画到中午一两点吃午饭，现在是晚饭也不吃了。因为年轻的时候发现，早上起来大脑很好，开始画画，吃过早饭就变成猪，所以我后来就不吃早饭，已经三十几年了。工作到两点的时候跟一点多起床是不一样。我们从晚上工作到半夜两点，那是从昨天一直的延续。每一天早上醒来，不要看报纸，也不要看文字，站在窗口思考，你会从崭新的思维开始。每一天都是。但是只要中间讲话，那就漏掉了思维。

我们拿摄影机去拍毛毛虫，会发现它任何时间都在吃着，而且吃得肥肥的，不是在吃就是在睡。但是任何毛毛虫都会变成蝴蝶，我们难道比它们还不如吗？只要摆自己在对的位置上。毛毛虫的妈妈把它摆在桑树上，无论是几百万种树，它只吃自己的叶子。所以每个人都可以，不要把整个精力拿来做所有事，每个人都可以做有意义的事。

好漫画真正重要的就是有个好故事

在台湾，日本漫画是非常受欢迎的。台湾漫画曾经发展过三次，第一次是1957年，在我小学三年级的时候，在中间又有一次是我成为漫画家的时候，还有一次是1984年。我常常被日本的出版社问，你们负责一本漫画书，到底谁的权力比较大？是漫画家还是主编？日本是主编，因为主编会从读者那里知道未来的趋势。在日本是分工的，他有专门写字的作家，有专门画漫画的漫画家，两者结合。也有全部是一个漫画家包办的。我们最大的问题在于，不是会画漫画就能成为漫画家。画漫画要有三个条件：第一，有会画漫画的能力。第二，有故事。第三，有用画面讲故事的能力。如果只有第三个，可以成为张艺谋、李安、陈凯歌，成为好莱坞的伟大导演；只会第二个，可以成为伟大的作家；如果只会第一个，只可以当别人的助理。漫画书是一本书，是一种创作，只是他是通过漫画来表现而已。所以我们所有的漫画从业人员要注意，漫画最重要的是内容，内容才是唯一王道。

我看过很多在外国非常受欢迎的漫画，画风并不怎样，但是讲故事的能力很好。它的主角是被观众认同的，这才是真正重要的。我们也常常看到有很多漫画家，讲故事的能力都不太好，一直运用蒙太奇，把故事讲得很乱。其实真正重要的就是要有一个好的故事，里面的主角要被观众认同，他要通过漫画讲故事。

我相信在未来一两年里，将会有真正的漫画大师是本土的，而且是做得很好的。我的书卖了好几千万本，其实重点不是蔡志忠，重点是诸子百家，我只是通过漫画，用比较浅显易懂的方法让大家知道。中国的任何读者，他一定是关注自己的。就像我们知道老子，知道“道”，但是我们不知道“道”在讲什么。我可以通过这个来读它。

女儿初二考零分，我说太厉害了

我记得我们小的时候，是夜不闭户的。就像我晚上吃饭，拿了一碗饭这家跑那家跑。然后告诉我妈妈，谁的妹妹回来了，谁生小孩。我们是串门子的，在乡下是尊师重道的。文化传统对我来说就是在家庭里面，就像现在我的女儿对我一样。所以血液里面有文化，我的祖父跟五千年前的一位祖先并没有差别，我的爸爸跟儿子的关系和五千年前的祖先也是一样。

文化在于身教。我女儿很小的时候，我带她去餐厅。服务生给她倒水，我说“说谢谢”，她就会说“谢谢”。当一个父母不讲谎话，他的小孩就会学他不讲谎话。一个弟子跟了师傅三年，说要走，师傅你什么都没有教我。师傅说我哪里没有教你，我时时刻刻都在教你。你端饭我吃，你端茶我喝。徒弟没明白，师傅是以他的行为在教导弟子。

我爸爸经常讲，我们每个人，要在村子里面做一个有人格者。可以没有钱，可以没有工作，但是一定不可以被人家看不起，看不起是人格的看不起。我小的时候在乡下，如果村子里面路旁的一棵树是石榴或者是木瓜，熟了以后小孩可以摘下来吃，没有关系。当果树是种在果园里，比如橘子树，小孩在橘子没有熟的时候偷摘来吃，你知道是什么惩罚吗？要到村长那里，村长要判，这个孩子的爸爸要带着小孩站在十字路口，那一天所有人都要绕过那个十字路口，避免羞辱到他们。而且还要写帆布，上面写着某某人的小孩偷某某人的橘子，一直到帆布烂掉。

现在为了高考、考试，学校变得以考试一百分为重要。我跟女儿讲，你的英文考一百分，数学考三十八分我都不在乎。女儿开始哭，我说不要哭，我不在乎。她哭得更惨。她说是四十一分，不是三十八分。她初中二年级曾经考过零分，让我签名，我说太厉害了。她说不要笑我，我说我不笑你，我一定给你签，而且答应不跟妈妈讲。但是考卷一定要给我，我要保存下来。她说干吗？我说我要裱起来。其实她现在一定很后悔，我说你英文每次一百分，数学零分也没问题，考零分就是直接放弃那一门了，考五十九分就比较惨。台湾曾经在台中有一个女生，高中数学考八十七分，上吊自杀。这就是父母做的最大的错误。一个小孩一定是通过家教、身教，才得到整个文化传统的。

体重六十二点五公斤，太胖影响思考

孙思邈说，少言，不要多讲话；少思，不要胡思乱想；少食，吃得少，自然睡少。不要闹钟，由此事少，神仙易了。我吃很少、话很少、睡很少。我到三十七岁以前，体重是四十九公斤到五十二公斤，很忙的时候四十九公斤，不忙的时候五十二公斤。结束公司到日本，我维持到十年前没有闭关的时候五十七公斤。闭关之后不晓得为什么，每一年长一公斤，所以现在是六十二点五公斤。我要回到五十七公斤好像很困难，明明没有吃，好像呼吸空气就会长肉一样。

同样地，我常开玩笑，思考，躺着时最差，趴着比躺着好，坐着比爬着好，站着比坐着好，走来走去比站着好。我早上起床后就会打开窗户，就开始思考，把所有问题再想一遍。如果今天十分钟到三十分钟没有想法，那思考就结束，如果有就进去了。

因为所有的问题纠结在一起，当能够出来的时候，就像打开拉链一样，所有的问题都出来了。讲非常粗鲁的话，就像大脑的高潮，而且像置身于光明之中，整个物质包括你的身体都是光明的，你会感动得流下眼泪。从开始第一个单细胞生命演化到神经，演化到一个人，你会很感动。后来我体重六十几公斤时在窗口站十五分钟，就会觉得小腿痛。所以我觉得太胖会影响思考。

人生最后一件事：天才教育学习

人生像走阶梯，每一阶都有难点，如果你没有克服难点，永远只是在原地跳。就像登上喜马拉雅山，老鹰有老鹰的方法，蜗牛有蜗牛的方法。海水认为它永远是向低处流，所以它认为它不会登上喜马拉雅山顶。但是老鹰告诉它，它可以变化成水蒸气，然后飞到喜马拉雅的山顶，化成雨水落下来。

我小学三年级的时候有一个老师说，学问，就是学得不懂就要问；学习上不懂，下课以后可以去问老师。所以我下课以后就去问老师，为什么每个人的大拇指都是皱的？老师说我明天告诉你。很明显他家里的材料不多，所有的问题都经不起问。为什么筷子插到水里就会变弯，老师说是折射，我说为什么会有折线？他说我明天再告诉你。直到有一天，他看见我远远地走过来，就进了保健室，我就知道我不能再问他了，我要自己学。

弟子们说，老师手里的叶子只有一片，怎么能够跟无可计量的树的叶子相比？老师说，对，我能够教你们的就是手里的叶子而已，而世间可以学习的，就像树上的叶子一样多。我十五岁到台北，发现香港出版的儿童乐园，从1953年到2003年共出版了1006期，每一期都有两篇外国画家画的绘本改编的漫画。我在那里发现了全世界画得最好的漫画家。当你看尽了全世界最好的绘本，会知道每个画家阐述故事的方式都不一样。学习只是为了使自己成为一个人才，而不是堆积一大堆文凭。我认为没有实力支撑的文凭就是一张废纸，我们通过学校就是要学会独立思考能力，使自己成为不同的人。我们之所以厉害，是因为我们跟别人不同，而不是因为我们跟别人相同。

黄永松，1943年生于台湾省桃园县。现为汉声杂志社总策划及艺术指导、汉声数码股份有限公司总策划及艺术指导。

黄永松

—

我把身体给你，灵魂留下来

民间文化是中国人的一种情结

《汉声》是一个老杂志，我们于1971年1月创刊，到现在已经四十多年了。我们这个杂志的目的，就是把传统的文化做一点记录和保存。传统文化太宽广了，而关于广大老百姓生活的民间文化的部分，鲜少受到关注，所以我们就以这方面作为我们选材的对象。在选材上，我们有四个条件：第一，必须是中国的；第二，必须是传统的。中国的意思就是说，我们不做西方的，要做中华民族的；传统的意思就是说，我们不做现代的，要做历史文化的。第三，我们要做活生生的，还在民间存活的、使用的、运作的传统文化；第四，我们要做基层老百姓的，因为上层学术界和故宫这些，都已经有人做过研究，而老百姓的生活还没有人做过研究。

所谓民间文化，包括城市和农村。过去是农业社会，城市也包含在农业社会的层次里；而今天是现代的经济社会，和以前不一样。因为农村里面有传统文化，城市里面也有传统文化，我们在农耕技术上的提升、在生活上的提升，离开城市外面也有很好的。我们看重的是传统文化中通常不被重视而消失了的部分，这些消失是我们的损失，因为今天城市化的现代生活是以偏概全的，不完整的。所以，我们今天的现代生活里面有很多不足，包括生态的破坏、环境的污染。

现在的电子化世界太快太强大了。如果我们传媒的内容不是很周整的话，传播出去的又是一种以偏概全的观念，这会诱导大家朝着一个方向生活。如果朝的方向是正确的还好，如果朝的方向有瑕疵，那问题就大了。正确的生活方式一定要让我们过得舒服。所谓舒服是真舒服，是没有压力，那么我们的生态便是好的。我们的学习是可以全生态的学习，与家人、社区、社会是息息相关的，而不是间断的。

物质有灵魂，钱不能买到一切

我有一个选材是做贵州的土布，最大宗的是贵州的蜡染布，花都是蜡画出来的。在贵州各地方搜集的材料我们都齐备了，就想办一个大展览给城市的居民看看。后来读了资料，说这个记忆里面有一个古法的记忆，叫做竹刀木蜡的记忆，它是相对于铜刀蜂蜡的记忆。铜刀是进步了，蜜蜂的蜡也是进步了。但最开始没有铜，只有用竹片沾蜡去画。我们在采访过程中，获知瑶族的地区还有这个工艺，所以我们就过去，果然找到了。那个工艺是使用竹刀，不是铜刀，由于没有保温，蜡凝固的时间很短，所以画蜡的时间很短，因为它不能拉长，所以它就笨拙了一点。今天的眼光来看，笨拙也有笨拙的美，挺好的。我们很高兴找到这个地方，当采访做完了以后，我们要离开的时候跟地陪说，有没有可能给我们买一小块，因为我们要在城市里面办展览，希望丰富这个展览的展品。他说没问题，他们现在都还在做。我就放心了，我们不是去淘古董。他弄了一块围裙给我，算好钱要走的时候，突然一个老太太冲过来。那个老太太满脸皱纹，但是手脚很灵活，她一把给抢过去了。地陪说这是他的曾祖母，一百多岁了。地陪跟在后面追着老太太，把围裙又抢过来。我说我们不买了，因为老太太不卖，我不能夺人所爱，之后我们就上车了。等了一阵子，地陪过来了，老太太跟在他后面。地陪把那块围裙给我了，说老太太答应卖给我们。我很开心地接过来，我问地陪，老太太为什么现在肯卖。老太太跟她的曾孙讲了，她曾孙翻译给我听，说这一块可以给你了，左边下面的边角剪了一小块，但没有剪到花纹的。因为围裙上面有两个空的，她把上面这个剪去了，剪了也无伤大雅。我问为什么剪了呢？他说我曾祖母说，我把身体给你，灵魂留下来。我当场就愣在那里了，不只是感动，更像被打了一棒。对于现今物质贪婪的城市人而言，我们以为什么都可以用钱买到。这个问题让我非常震撼。

我见到过很多贵州的蜡染布，它的花纹一圈圈的，可能是一朵小花，一个点可能是河里养鱼的鱼子，一个叉叉可能是他身边的野草。上面所有的花纹都和当地的生活有关系。细点的可能是天上的星星，大点的可能是仓岭。我问为什么是仓岭，做的人说因为你走在荒漠的地方一个人是很心慌的，有仓岭就告诉你有人烟，你就心安了。有一些尖角的纹样，有的可能是高山，有的目的是狗牙板，狗叫的时候列出来牙齿，听到狗叫，就像看到仓岭一样，就有人家了，你就放心了。布的纹样是跟当地生活所见的事物组织起来，跟一个人要过一个祥和的生活有关系。每一块蜡染布都和生活有关系，蜡染布一煮，纹样就没有了。所以每一块蜡染布都是一个版本，只有一个，没有第二块同样的。

很多人会用一些传统的元素，装饰在自己的设计品上。但是别人可能只是看到有一个样式，它里面是什么含义，没有人去解释它。你日子过得有没有含义，如果有含义，你的日子就过得有意思了；如果没有含义，日复一日，年复一年，不长进，那就是不好的。今天你去认识你自己过的日子，这就是长进。我希望我们各行业的人，包括设计的人，他所要动用的元素，他都应该去了解，然后他才是拥有了这个元素。所以，有很多人是很取巧的，很快就弄外形。你做一个东西一定要有神，且和你自己的神相通，这才是你要的。你不能说，你有我也有，跟你比赛，那也没有意思。

向上之心和改善的能力能发扬文化

随着时代的改变，大家淡忘了中国结，就连现在的唐装都是用纽扣。三十多年前，我们对中国结做了一个梳理，中国结是传统事物里，成功重获新生的一项案例。资料一开始都是零散的，我们将之统和起来变成一个总体，这便是我们民族的结艺。很多人问我，为什么不叫“中国结艺”？“中国结艺”这个名词太长了，后来我们就起了“中国结”这个名字。

民间文化不存在城市的民间文化，或偏远地区的民间文化，而是人民之间的文化，在城市和乡间都存在；也不存在古代民间文化和现代民间文化的区分，而是传承的。我们天天还是要吃饭，还是要刷牙，我们刷牙的方式可能跟唐代时候不一样，但是我们对牙齿的保健，是没有改变的。

一个人要好好地过生活，就会产生很多问题。他要把这些问题解决，就必须感到好奇，就必须将传统和现代衔接起来。过去很多智慧教着我们往前走，比如我们怎么烧水，煮水为什么要这么高的温度，我们的粮食怎么来，要怎么去烹煮食物，这些都是经验的积累。麦当劳一样是积累经验过来的，比如怎么油炸，怎么切食物，当你比较麦当劳的面包和我们的馒头有什么区别时，你就会感到好奇。所以一个人要踏踏实实地过好自己的日子，不要人云亦云，日子不舒服便要想办法改善。做人一定要有向上之心，一定要有改善的能力，我们的文化才会继续发扬下去。但是，要让现在的人踏踏实实地生活，不是一件容易的事。步伐变得很快速，做很多身不由己的事。在这快节奏和身不由己之下，我们的文化会有一个配套，会用过去的智慧帮助你在快速压力下过好生活。

苗阜，1982年出生于陕西，相声演员。2007年创立陕西青年曲艺社（后更名为“青曲社”）。在2014年中央电视台春节联欢晚会上以相声《满腹经纶》闻名。

苗阜

——

说相声得说讲理的相声

形于相而发于声

相声中本来就有俗文化，市井文化，但是俗要有个度。之前老提到“三俗”的问题，什么叫三俗？三俗就是低俗、媚俗、庸俗。我们也反感，真心反感，因为那已经突破底线了。很多观众都不敢乐，他觉得乐的话，就拉低了自己的身份，而且我们自己说了那些三俗的段子也碍口。但是往往相声又需要三俗，需要什么三俗呢？需要的是民俗、风俗和通俗，达到这三俗其实就是雅。很多传统相声都出自古典的笑话书，比如《笑林广记》一类的，都是过去的文人写的，它有中国人特有的幽默。

但是作为相声这种传统艺术来说，又不能埋得太深，高雅一点的幽默，老百姓有时候接受得慢，他得琢磨一下。所以我们就得思考，怎样加一些雅一点的包袱。雅俗之间的结合不好说，但是首先得守住底线。第二是想办法在内容当中加进去国学等等这一方面的知识。

现在网上高手如云，逗笑的段子层出不穷，素材很多，就看你怎么去用它。一段相声创作出来，把网上新鲜的东西加进去，它就能锦上添花。但把这些东西抽出去，这个相声段子照样是成立的，那这个作品就是成功的；加进去之后你再把这些东西抽出来，这个作品塌了，那就是不成功的。

其实在相声中，表演占的成分非常大，这就是为什么同一段相声，这个人说就很好笑，那个人说就不好笑。这其中有表演技法的问题，还有语言结构的问题，包括两个人配合以及默契的东西。我们在表演过程中，会有很多失误，但是要把失误快速变成包袱，我们叫“现挂”。用“现挂”把失误拉回来，说不定效果更好。我和王声的这种默契是源于长时间的合作。我和他从小就在一块，我俩是小学同学，他大学毕业以后我们又重新组合在一起。一眨眼这么多年了，我们就没分开过。我们两个说传统相声居多，很多段子都是由传统相声修改过来的。

相声最重要的，得是从语言上下工夫。传统的说法，三翻四抖，铺平垫稳，过去的相声讲究这点。我今天说出一个话，我能缝回来。什么叫能缝回来？看似我胡说八道，但是捧哏的帮着圆回来，这就是缝回来。我觉得现在有很多演员，就是一个包袱，一个笑话扔出去就不管了。相声你得合理啊，过去老先生给我们上课老说一句话，说相声得说讲理的相声，如果相声不讲理，那它什么都是错的。看似搞笑，但人们却记不住。你看马三立先生他的所有作品，都是包袱，但是他前面铺得很平，他的作品绝对是情理之中，意料之外，这样才能出效果。就算仔细推敲，它也不会有什么不合理的地方。

我觉得相声不应该穿插过多的跟语言无关的东西。说学逗唱有一些技巧可以展示，但是不能成为主体，还是应该以语言为主体。过去老先生解释什么叫相声，形于相而发于声。第一主要是看表情，表情就是相，什么是声，就是话语，哪快哪慢，哪抑哪扬，这都是过去讲究的一些技法。老先生讲为什么要穿大褂，并不是说那个历史时期留下来的。过去的大褂全部挡着手指，什么都看不见。你站在这儿如果没有特定的动作，人是不动的，就是只有面部表情。然后在表演的时候，有动作的时候，相声演员会刻意把这个袖子挽上来，挽一半，我们叫龙抬头。整个全挽上来是打快板的，方式方法不一样。

真正的中国相声都是讽刺相声

相声本来就是一个讽刺的艺术。过去真正的中国相声其实都是讽刺相声。中国有一个非常有名的相声作家，夏雨田先生，从他开始才有了所谓的歌颂型相声。

这两年不光是相声，整个小剧场市场都在复苏。人们的物质生活水平提高了，精神生活也需要再提高，尤其在压力这么大的一个社会之中，急需要把压抑的情绪发泄出来。

我们希望创作出一批可以留下来的经典段子。比如《满腹经纶》这个作品演了不下几百场，原来最开始设计的一些东西已经去掉了。最早这段相声时长很长，后来拆成了好几段，因为在电视台表演会有时间的限制。

相声是文学作品的构架。我在设计结构、设计人物、设计形态、设计事件，这是我们设计的。脱口秀是以时事评论和现场反应为主的，它不用提前做太多的设计，可以把当下的素材拿过来。但是相声必须体现设计，你得提前构架它；脱口秀不需要，因为它的时效性特别强。

脱口秀也是有这个特点的。西方脱口秀中的美式和英式还不同，他们构成包袱的方法也不一样，只不过他们这个设计更多根据演员自身。脱口秀明星抖包袱有个人的偏好，有的就习惯用政治性的。如果是一个传统相声的话，他的本子是固定的，那百分之九十五以上的台词都是要按照本子说的，这跟让演员自己写是有区别的。所以不管是包袱的构成，还是对喜剧的理解，其实都殊途同归。

我们更希望用相声去引导别人。过去的相声，比如每年春晚的相声或者小品，里面搞笑的台词可能会成为一年的热词；现在反过来了，网络流行的段子会引领相声。我们更希望我们创作的东西让大家觉得好玩。

五、底层是不穿鞋的吗

雷颐，1956年出生于湖北武汉。中国社科院近代史所研究员，历史学者。研究方向为中国近代思想史、中国近代知识分子与当代中国史。著有《历史的进退》《历史的裂缝》等。

雷颐

——

受苏联影响的只是城里人

下乡四年，对农村“浪漫主义想象”的颠覆

我们这一代人的经历其实都是共同的，像我小学没毕业“文革”就开始了，中断了学业；后来复课闹革命，我们升了中学。当时中学里面不学文化课，每天就是“天天读”。“天天读”就是每天必须读毛主席著作，然后就有大批判，工宣队、军宣队指令批判刘少奇，一直到老师。要不然就是到工厂去学工，到农村去学农。在这两年多的时间里，所谓的文化课基本没有学，然后就开始下乡。

我在农村待了四年，后来当兵，当了空军地勤，就是修飞机，修战斗机歼6。当时有军械、机械、无线电、特设，我是特设分队的电气员。1977年恢复高考，我很想参加高考，但是部队对这方面控制比较严，不像地方只要报名就可以考试。正好我当兵三年了可以复员，就想复员。后来复员在工厂里当车工，边当车工边参加了1978年的高考，成了1978级的大学生。所以我说工、农、兵三个当年最重要的社会阶层角色我都有体会，当工人的时间短一点，几个月。我个人对农民和解放军体会很深，因为

我在农村待了四年，当兵三年。

当代史、共和国史很多我都经历过，这些经历对我的研究很有影响。有些事情以前不知道，也没想过。作为一个城市里的孩子，来往的亲戚也大多是城市的，对农村完全不了解。城里的孩子往往就是通过一些电影来了解农村，我记得里面的农村都非常优美，非常浪漫。记得在小学的时候，“文革”刚刚开始，我们去过一次农村，待了十几天。去的农村距离城市只有几十里的路，那是我第一次对农村有认识。当时没想到农村生活会这么苦，就感到很奇怪，农村怎么和电影上、报纸上看的不一样啊？那个时候，小孩子总是把电影上、报纸上看到的认为是真的，几个同学都认为我们看到的农村生活是假的。我们得出一个结论说，对，这是城市郊区的农村，不是真正的农村，真正的农村生活肯定特别好，就像电影、报纸上一样。这就是对农村最开始的印象。实际上，后来才知道，城市郊区的农村比“真正的农村”生活要好得多，“真正的农村”其实更苦。

随着我下乡，马上就知道农村是什么，农村的生活是什么样。四年的经历使我知道，当时中国社会分成两块，一块是吃农业粮的，一块是吃商品粮的，城里人吃商品粮，农村人吃农业粮，差别很大。农村孩子尤其一些聪明有才能的孩子，总想改变自己的身份，想尽种种办法推荐当兵、招工，我看到太多太多。从前这只是我的一种感性认识，并没有认识到为什么这样，甚至觉得好像世界上任何地方，农村恐怕都是这样奋斗的。

等到我上了大学，后来搞研究，研究共和国的时候，突然才明白，这个时候就使我对有些事情的认识更加深刻了。如果没有下过乡，我的一些观点和见解是得不出来的，或者即使有，认识也不会那么深刻。我曾经写过一篇文章，我认为中国社会分为城乡二元结构是从1953年开始的。1953年实行了粮食的统购统销，这点很重要。然后又对各种副食品统购统销，又过了几年，建立了严格的户籍制度，把人口分为城市户口、农村户口。比如像农民、工人，应该只是一种职业，随着职业变了，身份也应该变，但是我们中国从1953年以来就变成固定身份了。你是农民，你的孩子你的子子孙孙就是农民；你是城里人，你就一直是城里人。改革开放允许农民进城了，甚至农民办一些企业，但为什么开始有一个称呼叫做“农民企业家”？就是虽然你是企业家了，但是身份还是农民。现在随着政策放宽，有些企业家只要在城里投资就可以变成城里人，但是大多数人农村人到城里打工，城市是不接纳你的身份的。为什么叫农民工？虽然有的做工都做了十几年、甚至二十几年，但是从身份上来说还是农村人，还是农民工，所以我对这点很关注。

为什么讲历史的“大”与“小”？“大”与“小”怎么看？这个“大”，我从前没有想过，后来越来越觉得历史只注意大，有时候忽略了小。这个“小”其实要说起来也很大，我看有些教科书，从来谈到1953年，只说实行了统购统销这些政策之后，为我国的工业化积累了大量的资金，我觉得这没错，这是从国家的角度。

但是作为历史研究，如果光这样说我觉得不够，不全面，还要研究在这个政策之下，农民是怎么生活的。农民没有粮票，各种票证都没有，被严格固定在土地上。那时候到城里买一碗粥都要二两粮票，有再多的钱没有这二两粮票，连一碗粥都没法买到。计划经济首先要把城里人和农村人固定化才好计划，否则怎么计划？今天城里人那么多，明天农村人那么多。所以通过票证就把人固定起来了，这也是计划经济的特点。同时还要计划哪个城市的人口相对固定，于是各地都发行自己的粮票、布票，你离开这个城市，到另外一个省份几乎没法生活，因为你没有那个省的粮票和布票。

当时还发行一种全国粮票，不能随便去领，要有特殊需要，比如单位开证明要出差。如果大家都可以领全国粮票，怎么计划保证这个城市多少粮食、多少布？计划经济把所有的人都固定下来，尤其最大的固定是把农村人和城市人固定下来，这就形成了城乡二元结构的固定化。因为形成了巨大的利益的不同，要一下子消灭恐怕会引起社会的震荡，得逐步地来，但必须进行，不能停止。

个人经历都能成为历史

在改革开放以前，中国是一个身份社会，改革开放在逐渐往契约社会转变，尽管这个转变还不会很顺利。好多人说你怎么老写跟当代有关的事情，尤其关注农民工这些？因为我写过好多篇文章，都是关于这个的，关于他们的子女在城里受教育的权利问题，尤其前些年他们的待遇更加差。作为搞历史研究的，总是习惯历史性地看问题。我觉得中国社会发展到这个地步了，有很多该打破的就要打破，或者说一些政策性的东西，该考虑怎么去弥补一些鸿沟了。我写过一篇文章，名叫《为获得认可》，这也是我观察我们自己的经验和看到其他国家的经历才写的。我注意到，在刚刚改革开放的时候，刚刚允许农民进城打工的时候，尽管那个时候他们依然做着最苦、最累、最脏的工作，拿的工资比城里人拿的工资低很多，但是他们是兴高采烈的，因为他们有一个比较，自己当年在农村吃不饱或者在生死的边缘。在大饥荒的情况下，他会比较，在城里再苦再累，也比在农村好，所以他是兴高采烈的。但是已经过三十多年了，那批最初进城的人已经岁数很大了，现在是他们的子女进来了，他们就不会这样比较，你也不可能要求他们这么比较，说你想想二三十年前你爹妈或者你爷爷在农村的生活，实际上人不可能这样比较。

我们要从历史或者从别人的社会发生的问题中去借鉴，这使我们付出的代价少一些。我注意到，前几年的法国北非移民闹事非常厉害，但是往往参与的都是第二代、第三代。实际上第一代来的时候语言又不通，更苦，但是他的记忆是，之所以千方百计到法国来了，虽然在这儿很受歧视、很不好，但比在原来那边生活好，而第二代、第三代没有这个概念。他们的第二代、第三代还不能在城里扎根，还要受到某种歧视，那就会在社会上出现一种问题了。有时候我们不知不觉地忽视了农民的历史，我总说，“农民无历史”，因为历史是要记录下来的，而他们真实的生活状况，实际上是没有历史学家或者很少有历史学家去描述。包括现在社会上也经常这样，一说我们这一代人，就是受苏联文学影响比较深，唱歌都唱苏联歌曲，我们也是想当然地觉得我们这代同学都是唱苏联歌曲。但是我现在突然一想，我上农村时候看到，农村和我一样大的孩子，根本没读过什么苏联小说，甚至一首苏联歌曲都不会唱。但是为什么老是说这一代人受苏联影响？实际上是把绝大多数农村青年的教育状况回避掉了。这是少数城市里的青年受的教育，“我们”代表了“他们”。

我现在就有点理解，像胡适，见到一些人，见到一些小人物，就说应该把你的经历写下来，因为你写下来才能成为历史。胡适本人就替卖烧饼的老头写过一个小小的传记。

我们这一代人或者我们上一代的城里人，谈到对自己影响最大的事件就是“文革”，而农村人多数一谈起来就是三年大饥荒。相对而言，“文革”对他们的影响比三年大饥荒小得多。三年大饥荒虽然对城市也有很大的影响，但是给城里人印象最深的是“文革”，而农村人对三年大饥荒的记忆更深刻。因此我越来越关注所谓的日常生活，尤其是老百姓的日常生活，但是这么做也难。

“严重的问题不是教育农民，而是教育干部”

很多东西由于历史学学术规范的限制，有时候很难表现得很充分，反而有些小说表现得很充分。路遥的小说《人生》就是这样的，我在农村四年认识的很多农村青年都是那个样子。我的一个朋友他是农村出来的，后来上了大学，他就跟我说，读那个小说的时候几天都没有上课，说就是我当时的想法，就是我当年的那种经历。甚至他还说了，他跟路遥小说中的人物一样，在农村时候村里有一个女孩，他俩谈恋爱，感情特别深。但是他上大学必须和那个女孩断，因为他上大学之后身份就是干部了，女孩身份还是农民。但是他不知道怎么跟女孩说，后来女孩自己跑来跟他说，你有你更美好的前程，我不能拖累你。

为什么对人民公社的解体、对改革开放，尤其是农村的变化，我始终支持？是有我自己的一些看法的。因为我在农村4年，改变了过去对农村的许多看法。我们从小受的教育就是“人民公社是天堂”这一类的教育，什么“单干好比独木桥，走一步摇三摇”这些歌谣，在幼儿园背的东西现在还背得出，还有“人民公社是金桥”什么的。但是带着这一观点到农村，发现农民对人民公社很反感。我们从前受的教育都说，只有“地富反坏右”才反对人民公社，但是发现干活的时候老农都反对人民公社。开始很多知青都是一愣，按照城里的标准，按照“文革”期间的阶级斗争，那就是反动言论了，就觉得这个人的出身是不是地主、是不是富农，实际上都是贫下中农。

后来在农村待久了我就觉得，人民公社完全是人为扭曲了这个社会经济自然发展而建构起来的一种体系，而在这个过程中，农民付出的代价极大。对人民公社，农民的反抗就是低效率，出工时大家都互相在比慢，磨洋工，生产效率越来越低、越来越低。上面通过种种强制性的办法，让农民组织起来怎样劳动，实际上做不到。从前有一句话经常讲，“严重的问题是教育农民”，这是毛主席的话。但到农村后，我觉得“严重的问题是教育干部”，因为农民有一个最基本的常识、理性，觉得当时这样搞根本不符合常识。只有受了某种意识形态的鼓动、教育、改造，我姑且说，是从一种纯粹的好的理想出发，才会那样人为地去改变一个社会的结构，成立人民公社。说到这些的时候，农民简直是不屑一顾，觉得是笑话。实际上农民是有理性的，对上面的一些做法总是通过自己的方式来表示一种抵抗。比如一直说农业学大寨，有一段时间学得非常具体，每个村都要进来好多工作组。当时农民收入多少是靠工分，干什么活记多少分，按照干活的多少好坏，记分量不同。后来说学大寨，不以业务来记分，以政治态度来记分，“地富反抗右”干得再好也不能记满分。并且还要学毛著，如果一个贫下中农学毛著学得好，就可以记满分。工作组来的几天，要求也这样记分。农民觉得没办法，工作组来了，搞运动，就得按那个办；但工作组刚一出村，农民马上就恢复到按干活的好坏来记分，这就是农民有常识。

农民拥有最基本的常识，并有浓浓人情味

从我下农村到当兵复员、当工人，这个期间我都回过农村，河南农村。那个地方连吃都吃不饱，一年到头都以吃杂粮为主，只有过节的时候才能吃白面馒头，或者包一顿饺子。农民总是感叹，什么时候我们能像你们城里人一样，一天到晚吃白面呀！

从我下乡直到我上大学前，几次回到农村，都没有任何变化。但到我上大学之后的一个暑假回去，发现开始农村改革，才一两年的时间，农民可以吃白面为主了，这个可是农民盼了多少年甚至上百年的。实际上整个生产力，所谓的工具没有任何变化，就是国家的政策变了。后来我又上了研究生，读了各种学术著作，包括《制度经济学》，它谈的就是制度的重要作用。有一段时间农村飞速发展，那两年农民的生活水平发展很快，《制度经

济学》恰恰有效地解释了这个现象。而中国改革开放初期，并没有什么人知道《制度经济学》。中国的改革开放是从自己的内在需要开始的，人们要吃饱肚子。大量的知青回城了，国营企业根本安排不了，怎么办？为了就业，就让他们自谋生路，允许个体经营，这个时候就慢慢发现私营企业效率要比国营高。中国往往是改革开放自己走在前面，后来才有一种理论，然后又发现好多理论是别人早有的，这也是一个互相印证。

有些学者给我们从理论上加以分析，尤其涉及现代的经济学、社会学著作，但起码开始的时候是中国社会内在的一种巨大需求，是回到常识。

历史如果只有文本，真的是很荒诞的

因为我父母都是知识分子，所以我当兵当得很晚，下农村好几年才当兵。当时在那个年代，如果有一点关系，或者“出身”特别好，很小就可以逃避上山下乡去当兵；如果没有关系，家里所谓的政治面貌特别好，下乡两年之内也可以当兵。而我当兵很晚，恢复高考后考入吉林大学。吉林大学是当时东北最好的一个综合性大学，它的化学系、计算机系都是比较早的，历史、中文也都比较好。

上大学之后我开始想研究世界史，但是后来有个讲中国近代史的老师，叫李时岳，课讲得非常好，把我吸引住了。刚开始接触近代史的时候，我觉得中国近代史与中国现实有一种紧密相连的感觉。因为那时候刚刚提出改革开放，一些特区或者一些先进的东西，又是从广州那边开始的，近代史好像在重演这个过程。同时我对思想史也很感兴趣，在研究思想史的过程中，我越来越发现，研究思想史 尤其是社会思想、社会观点、社会思潮，不能脱离当时社会发展的脉络，而要把它做一种纯文本的阐释。我们学历史的，几乎都是从变成文字或者影像资料中去寻求历史的真相，它才是我们承认的史料。但是，在这个过程中，从学术规范本身来讲，就容易使一些人产生一种唯文本主义，就是唯文本是信，只要文本就相信，实际上我们知道，文本当中有很多东西是不可靠的。

真正的历史研究训练考据，要从各种文本中考据出来反映真实的东西，而这个方面如果做得不够你就会上当。最开始是十几年，我看一些中国的海外留学生写的文章，他们就是根据1958年、1959年的报纸，关于人民公社的报道，作为他写人民公社怎么好的一种根据，这就是把文本当做真实的东西。所以我就提出来，尤其对于一种社会思潮、社会思想，包括过去的，如果脱离了那个背景，进行这种纯文本的阐释，有时候是很可怕的。

比如我研究现代史，就会研究到中日关系；研究中日关系，自然会讲到日本侵略中国。谈到日本法西斯的理论、侵略的理论，要看它做了什么后果。我看了很多这方面的文章后，写过一些文章介绍、分析它的理论是什么，为什么会得到日本国民长期的支持。因为它也没说我们要侵略、要独占、要霸占，只说我们是为了黄种人的解放。

近代以来，尤其鸦片战争以来，东亚被英美帝国主义、殖民主义侵略，有很多数字说明英美帝国主义怎么样在经济上剥夺，怎么在文化上侵略，说东亚传统的文化是儒家，讲究的是王道。近代都是这些白种人灌输了自由主义、共和，它说现在要做的是恢复传统文化，恢复儒家文化，追求的是东亚人民的解放；从前中国应该承担历史责任，现在证明中国承担不了，历史落到大和民族的身上。它有很多具体的文章，分析英美的殖民主义和文化殖民，怎么样把西方的文化倾销到东亚。现在的一些唯文本研究使我想到，如果我们把日本侵略具体的罪恶、具体的事实摒除掉，光看它的这些文章，你看它写的文章跟我们现在用的反殖民主义的理论，反对所谓的殖民主义的文化，反对西方文化侵略，非常相像。现在就可以写它们怎么样剖析英美文化的影响对于后殖民理论的影响。你可不可以按照后面的理论阐释前面的理论？用现在后殖民主义，重新阐释一下日本当年的法西斯的理论？就说他那个是后殖民主义的前驱，或者说用现代的后殖民主义理论来证明他这个理论正确？如果摒除掉侵略亚洲这些国家的罪恶，得出的结论会很荒诞。

有一句话叫“尽信书不如无书”，尤其社会阅历不够，纯粹埋在纸堆里，相信文本，就为文本、为理论自身的建构所吸引。

历史彻底还原不可能，但是某一个片断、大体的东西应该可以还原，否则历史学还有什么存在的必要？所谓的历史，昨天发生的就可以说是历史，我说过话之后过一秒钟这就是历史。如果说历史不可以还原，我可以否认说我没说过，人就没有记忆、就没有交往了，交往就不存在了。但是这个问题涉及很深刻的哲学问题，还是回到一个常识的层面，如果你完全用形而上来否定掉，现在比如说虽然有冤假错案，但是有时候有杀人犯、刑事犯，有的都是杀了人过了几年、几个月才破案的，如果不按照历史还原，你凭什么说是我杀的？那整个人类社会的秩序、整个社会就没法存在了。比如说买卖的交往，你凭什么说我曾经跟你定过这个合约？这个问题一个是形而上的问题，同时又是非常具体的问题。所以我总觉得，按照有些人的理论，觉得这些都不存在，只有文本说的是真的，这是很荒诞的。

社会生活点点滴滴的细节见证改革开放

新中国成立六十年可以分为前后两个三十年，前三十年几乎是越来越紧的过程。发展到“文革”时期“割资本主义的尾巴”，农村的自留地都取消掉，很多地方规定农民养鸡不能超过几只，养猪不能超过多少头，超过了就有一种“你要干什么”的思想，就说明你想卖，卖就是资本主义，都具体规定到这种地步了。所以到“文革”期间，经济越来越死。

改革开放这三十年，从社会宏观方面来说，是一个逐渐放宽、放松的过程，是一个公民社会、民间社会从基本没有到逐步产生、逐步壮大的过程。私人企业、个体企业产生，人员可以在各个单位间流动，农民可以自由进城打工，这是三十年前难以想象的，这是一个大的过程。同时这三十年又是人们开始有私人生活的过程。20世纪50年代初期人们穿的衣服还比较丰富多彩，到60年代开始紧缩，不许烫发、不许跳舞，都是清一色的一身蓝。当时满大街都是穿蓝衣服的，男男女女就是一身蓝，所以外国人把中国称为“蓝蚁之国”。

那时候一切都要凭票，改革开放前的三十年，经济是不断萎缩的过程，人民生活越来越紧张。票证是一种特殊经济时候才采用的，应该是越来越少才对，它是越来越多。现在我们回忆起来，那个年代很难举出来几种东西是不要票证的，买一盒火柴都要票证。当时感到生活最不便的是到后来火柴供应都很紧张，经常家里天天要用的，有时候不小心浪费了，家里就没有火柴用。灯泡也是，质量如果不好，或者不小心打碎了，再去换一个都不容易，因为要凭票，票又很少。还有卫生纸都很紧张，家里女孩多的，怎么用卫生纸都是一个问题。

后来我看很多回忆录，像敬一丹写的，她家有一年要添一床被子，她母亲就规划谁能添衣服、谁不能添衣服。梁晓声写过一篇回忆文章，讲因为当时要凭票证发豆腐、黄豆，他家人口多，粮食不够吃，发票证的邻居是居委会的，偶尔有多余的票据给他家，所以他就非常感激。我觉得搞历史研究，这是我们最重要的材料、史料。

我现在越来越关注普通人的生活，政治一定要到控制绝大多数人日常生活的时候，才会影响到绝大多数人的生活。

相声演员姜昆的成名作，恐怕现在的年轻人不会知道，但是我这一代的人都知道，他的成名作叫《如此照相》。后来的人看觉得可能是一种艺术夸张，其实基本不是夸张。“文革”期间规定，人们买和卖之前都要说一段毛主席语录，比如要照相，去了就要说：“毛主席说，下定决心不怕牺牲，同志，我想照一张相片。”照相馆的人说：“为人民服务，你想照一张彩色还是黑白的？”你要回答说：“纪念白求恩，我想照一张黑白的。”姜昆就把这个编成了相声，轰动一时，因为人们刚刚经历过那个年代。

我当兵的时候是空军地勤，那时候“文革”的高潮已经过去了，但是好多老兵给我们讲过，部队规定不许喊“向右看齐、向左看齐”。包括部队检查飞机的时候要上下配合，喊一些军队的口令，当时规定也要讲一段毛主席语录才能再喊。我跟很多人说过，但他们都不相信，口说无凭，还要相信文本。后来我忽然发现两个文本，一个是曾经在部队当兵的人写的回忆，说他们部队规定不许喊“向右转”，如果要“向右转”怎么办？就连喊三个向左转、向左转、向左转。

后来，我又看到了一篇文章，是当年《人民日报》的一个女记者写的。她当年专门写内参，叫金凤，很有名。她的丈夫是抗美援朝时候空军一个师的师长，战斗英雄。当时空军跟她介绍经验说，我们要用毛主席语录占领天空。她问怎么用毛主席语录、毛主席思想占领天空？对方说，我们现在有规定，指挥员指挥飞行员干什么，要先说一段毛主席语录，飞行员汇报的时候，也要先说毛主席语录才能回答。

大家都知道飞机飞行的速度极快，瞬息万变。尤其我当过空军，知道塔台和空中对答是极其简明的，否则一下子稍纵即逝机毁人亡。她丈夫是飞行员，所以她懂这些，知道这个事情太荒诞了。她当时就写了内参，后来因为这件事受到迫害，被关起来。到一九七几年的时候，周恩来想办法给她放出来了。

在外交领域也是这样，我看到有些当年外交部的翻译写回忆文章，有一篇写道，1967年周恩来陪来访的巴基斯坦空军司令在钓鱼台国宾馆吃饭，没想到服务员端菜上来先讲一段毛主席语录，周恩来很尴尬。后来周恩来接见红卫兵时很委婉地提出来，讲语录要分场合。

公共空间：三十年最重要的就是有社会了

我觉得文化的复兴繁荣不在于有多少钱，在于文化要有一个宽松的环境、有一个政策。大家互相探讨，各种观点能够交流、冲击、撞击、批评、反驳、争论。讲坛越来越多，是文化的繁荣重要的标志。我看过一些资料，证明在19世纪的巴黎，讲座特别多，在公共讲座之前，巴黎最重要的社交场所是沙龙，贵夫人那种沙龙，后来变成一种公共空间；再后来是各种展览会，图书馆举办的各种各样讲座。现在中国有一些机构，包括很多私人企业公共企业，国企甚至政府机关也在办各种各样的讲座，出钱办一些公益性的讲座，我觉得这个意义是非常重大的。

很早以前我就强调公共空间，实际上中国传统也有，比如说村头一棵大树下，井边，都是村里人喜欢聚会的场所。随着改革开放，有公民社会的产生，包括一些文化机构，慢慢地各种各样的讲座就越来越多了。而且还有网络论坛、BBS，这些对中国未来公共空间意义重大。以前中国没有公共图书馆，没有公共博物馆，没有公园，就说明还是比较落后的。这三个大的公共事业都是近代以来，甚至是1905年以来中国新政以后才逐渐引入到中国。

当军阀混战，城市是处于动荡之中的，甚至会有某几天处于权力真空。被打败的已经跑了，新来的还没来得及建立起一种权力机构。在我们现在的想象中，如果处于这种状况，整个城市没人管理，会一塌糊涂，实际上情况没有我们想象的那么严重。为什么？当时有比较成熟的民间社会。有社会的时候，一旦出现这种状况了，一些士绅、商会就自动组织起来，他们出钱，由各种市民出来巡逻，维持治安。如果没社会，出现权力真空，会引起大动乱。所以我觉得我学的历史和现实紧密结合起来，现实能促进我对历史的研究，历史研究又加深我对现实的理解。

我们看到，现在有些国家和地区政治动荡，但是老百姓的生活没有受到更大的影响，该做买卖还是做买卖，该怎么上下班照样。只是你掌权了，我买卖的税给你，明天他占领了，我买卖的税给他，但是买卖基本上没有大的变动。

只有社会稳定，商人才可以做生意，社会动荡起来对商人、对谁都不好，一出事就出现这个问题了。

如果我们讲日常生活是“小”的话，很多老百姓认为吃穿住行是“小”；讲到王朝的兴衰，我觉得这是谈到历史的“大”。比如像辛亥革命这么大的社会事件，根本结束了几千年帝制的革命，很难想象是少数几个革命党人自己的激进造成的。并且根据历史来分析，孙中山最开始的时候也没想搞革命，通过王韬上书李鸿章，想得到赏识进行改革。大家都认为如果从理论上讲，如果不经过革命、不经过暴力、不经过社会大动荡，而达到了革命能够达到的社会进步，不是最好的吗？但是恰恰清政府自己的所作所为丧失了机会，所以我觉得是革命是清廷制造的。

为什么会过激？过激思想开始只有极少数的人，并且得不到多数人的赞同，甚至到1905年、1906年、1907年，都没有多少赞同孙中山的人。最重大的一次变化，就是在留学生之间爆发的革命派和立宪派之间的论战，开始的时候是支持梁启超的人多、支持孙中山的人少，恰恰是后来清政府实行了几个政策，马上证明了它不改革。后来信仰梁启超的人越来越少了，信仰立宪派的人越来越少了，那些人就转到支持孙中山了。梁启超也认为，清政府实际上是制造革命党的工厂，只有清政府改革了，立宪派的那套理论才能够实现。如果不看这个，纯从理论上看，肯定是立宪派更符合人们的理想一些，但是有一个前提，清政府要改。所以梁启超论证也认为清政府会改，但事实证明清政府不改，别人就认为你的前提不存在了，越来越多的人就转向支持孙中山了，支持革命派，革命是这样才出来的。所以我总觉得，所谓的激进，任何时候、任何朝代，都会有少数人，有各种各样的激进思潮的。但是这种思想，如果社会是一个正常的、不断改革的、理性变动的，这种激进思潮只能是少数的，不能成为一种社会的潮流。如果这种激进的思想能成为社会潮流，首先说明这个社会本身有问题了。大的制度当你不变的时候，你应该改而你不改的时候，你不从上而下改的时候，就会有越来越多的人被激进主义的思想所激发。

各种公共组织、民间组织，就是说不同的利益群体，都有自己代表性的机构、组织，有这个组织之间的博弈，包括舆论，互相博弈达到一种理性的妥协。所以我讲最怕无社会，通过这个社会又加强我对现实的理解，通过现实又使我对历史有更新的看法。比如我那个书里面讲到，湖南衡阳有一个很大的批发市场，那些个体户租了摊位，交了管理费，但是交了管理费应该有的服务、设施、防火都没有，这么多人、这么多摊位，几千个摊位在那里，那么庞大的市场，就是一个社会，但是我既然交了钱，就要求你管理者对我进行某种服务，但它根本没有，所以突然有那么大一个损失，这就是问题。

杨早，1973年生于四川富顺。知名学者。主要关注中国近现代舆论史与文化览、当代文化研究等。《话题2005》至《话题2013》主编，著有《民国了》《野史记》等。

杨早

—

历史难有真实可言

谁也不能说自己叙述的历史就是真实的

克罗齐在区分了“历史”和“编年史”后说了一句话：一切历史都是当代史。我这样理解克罗齐的这个话：纯粹的史料不是历史，历史是对史料的叙述。在这个意义上，任何历史都是当代史。历史的叙述都受制于叙事者的学养、经历、立场以及时代。

我个人很反对说“历史有什么用”。历史没有什么用，历史是人类的一种本能。不是说我看了这段历史，就可以励志或者可以知得失，这些东西不太靠得住。历史上每一个事件发生的环境不一样，不可能根据历史上的相似事件帮助你解决当下出现的问题。既然如此，为什么大家还那么喜欢历史而且研究历史？第一，人类有种回溯过往的本能。历史还有一点用，历史的存在可以帮助我们掌握自己的定位，根据历史可以知道我们从哪儿来，为什么这样，有可能会怎么样。

我关心晚清、民国史，因为它是离我们最近的巨大变革，李鸿章说的所谓“三千年未有之大变局”。在这个变局之后，现在的生活、制度、心态都跟那个时候息息相关。我很有兴趣知道我们所处的世界是怎么来的，倒推过去的第一个关卡就是晚清。

我并不是学历史出身的，我的专业是中文，在写历史的时候，比历史研究者相对来说更关注叙述。我不太相信所谓历史的真实，史料本身是存在的，可是怎么叙述它更重要。我允许写这种历史文章里面加入合理的想象，我也没有拿这种文体评职称或者参加学界的讨论。这可以叫做历史新闻化。

先说新闻历史化。我们每天被淹没在各种各样的新闻当中，其实很难看清楚信息在它孤立之外的意义。一般人感觉到，有些事情可能今年有去年有前年也有，但无法成为一个序列。我常举一个例子，2008年出现家乐福事件以后，我们写了一篇《抵货运动103年》。中国抵制外货的运动自1905年抵制美货开始，我分析了这个事件是怎么出现的，当时民众的心态如何，各阶层运动怎样。我没有说家乐福事件一定是重复，但是通过排列比较，可以对它的意义认识得更清楚一些。这是新闻历史化，把新闻放在一个历史谱系当中认知，有助于你比较完整或者比较超越地认识这个新闻事件。

再说历史新闻化。历史在层层叠叠的叙述、累加、扭曲之后变得面目全非，谁也不能说我叙述的历史就是真实的历史。历史新闻化的好处是可以尽量还原丰富的细节。我说过我是一个细节控，通过细节来还原当时的氛围，作为一个现代人，在其中能够感觉到当时这些人面对这样一种环境，会做什么样的选择。这一点是现在历史叙述里面比较缺乏的，我有意识在这方面做一些努力。

中国有很多拜名词教

我的书《民国了》里面大量使用回忆录。回忆录其实很多是后来追加的，在追加当中会出现很多变异，因为自己的利益、记忆的模糊，会把事情叙述得不太一样。在这种情况下，你要想探究真实是非常困难的，尤其在细节问题上。我比较关注的是，事情是怎么被传说的。这个事情本身可能重要，但那不是我关注的重点，我关注它在传说中是怎么被叙述的。以前很多人说笔记、回忆录有它的不可信之处，有意思的在于他为什么这么说，不在于他说什么，在于他为什么把这个事情说成这个样子，把事情说成这个样子是要满足什么样的心态？

晚清政府的宪政努力被人们大写特写，意识形态的雅量被理想化，真实的情况可能并不像现在说的这样。它其实是一种古为今用，有些话不好直接说或者没法直接说，就会借一个事来说。比如为什么这几年，特别是去年，清末政府或者北洋政府的评价突然升高？因为从晚清到民初的政府相对是弱势，各种力量冲突当中，政府的权力和势力都不是很强，这在中国历史上出现得比较少。那么一个小政府很难负担起大政府的功能，税收也不够，人员也不够，无法负担起现代民族国家需要的富国强兵、发展经济。大家当时恨不得赶紧出来一个强势政府，蒋经国提出开明专制，他们希望那样，因为那时候亡国灭种的焦虑非常重。

君主立宪和共和当时就已经被符号化，在所谓的光复以后、独立以后、清帝退位以后，大家见面说“民国了”，什么事都不一样了，现在是共和国民了怎么怎么样。可作为一个共和国的国民，有什么权利，尽什么义务，很多人清楚吗？连革命党心里也未必清楚。1912年爆发了很多的冲突，居然有一个司法部的司长去抓一个参议员，质问后者居然敢在议会里面说大清这个词，这就是叛国就是卖国，大家嘲笑他竟然不懂一个议员有言论豁免权。

中国现代转型过于激烈，一百二十天之内就转了，但大家需要慢慢去学习怎么从帝国到民国，怎么做一个民国公民而不是帝国的臣民。因为这个过程当中很多方面没有做到位，造成每一个人都先符号化了。我先说我是民国了，我们的民国怎么怎么着，这个东西真的变成了一个符号。当时报纸副刊上面有大量的白话小说，里面的人经常会劝人剪辫子，劝人募捐，或者劝人放脚，或者劝人参与社会事务，所有这些事情肯定会拿“民国了”做开头，说我们民国了、共和了，我们还不怎么怎么样吗？好像这是一个天经地义的事情。

现在很多人在微博上说公民两个字，或者提宪政两个字，究竟什么是宪政？“韩三篇”出来，何为民主何为自由何为革命，很多人对这些概念的认识非常混乱。其实现在的问题跟一百年前可能并没有很大区别，我们首先要把符号弄清楚，到底这个符号后面代表着什么东西，什么东西是我们需要接受和需要践行的，什么东西是我们需要警惕的。如果这个东西不弄清楚，就永远是一些大词在心目当中飘来飘去。中国有很多拜名词教，比如科学，大家动不动说这个东西科不科学，可是有些东西无法科学，比如信仰怎么科学？或者说谈恋爱这个事怎么科学？不能科学的事情你非要拿科学作为唯一标准的时候，就会产生很多笑话。实际每个人有自己的理性选择，趋利避害。所谓的科学又是怎么成为至高无上的呢？这其实值得讨论。

民间力量在社会变革中的作用

我们以前说历史既有必然性也有偶然性。历史的结果是完全有可能不一样的，我们作为现代人、作为后人不要那么骄傲，不要以为你隔得远，就能把这个事情看清楚。实际上你是已经拿到结果后再推那个原因。比如从来都是把黄花岗起义说成是辛亥革命的先声，但从当时的状态看起来，黄花岗跟武昌起义没有什么关系，没有唤起广大民众的意识，就是单纯的暴力事件。

现在比较关注以前的保路运动、立宪风潮，但清朝之所以垮掉，在于经济上和政治上有一个中等阶级。你说底层的痛感，这种痛感跟中产的痛感不太一样，中产的痛感在于满清王朝跟中等阶级之间隐形的契约被打破。清政府作为外来的王朝，为什么能够跟汉人社会达成一个契约？在于我接受你们的文化，你接受我的统治；你承认我的合法性，我给你们一个相对稳定的统治，这就出现所谓康乾盛世。晚清有一个麻烦，它的合法性被突破了。清朝统治基础的坍塌在于清朝经历一系列丧权辱国的事变，这就类似于一个公司CEO不得力，公司不断亏损，理论上董事局应该撤换，董事大会相当于立宪，如果选来选去还是那帮人当董事，我只好揭竿起义。隐形的契约被破坏，导致整个王朝覆灭。

武昌起义肯定是一个偶然，可以找出很多理由：如果官方不进川会怎么样？如果四川不爆发保路运动怎么样？但清政府始终解决不了跟社会之间重建默契这个根本矛盾。自从太平天国以后，形成了内轻外重、汉人当权的局面，满人第一需要向西方学习，第二需要收权。这两个东西谁先谁后？满人在整个国家失去信誉的情况下，这种改革急还是缓？在那个环境里面，非常非常脆弱的火花就可以燃起大火，周围全部是干草，这个大事实不会变化。问题是谁来点燃这个火，正好武昌起义。

其实底层是有力量的，但是底层的力量没有太强烈的目的性，很容易被口号所蛊惑。最有意思的就是义和团，它实际是政府试图利用底层力量来跟外国势力及中国的士绅势力对抗的行动。戊戌以后，大家发现这帮要革新的人是没办法用了，慈禧借用底层力量。但底层力量被发展起来之后又难脱盲目，国家为难的时候，政府设置一个大的敌人，这样转移注意力，似乎所有中国的问题都来自洋人，只要把洋人打倒了中国就好了。义和团突然变成反清灭洋、变成扶清灭洋，这是清政府最后一次试图利用官僚阶层之外的力量看能不能对国家做一些改变，当然结果是失败的。

底层在1900年之后的作用大大改变，辛亥之后，知识分子非常反感义和团再现，对民众的启蒙推动过程中，事实上北方做得好一些，南方启蒙的策略其实主要还是针对商人、会党、学生、军队，他们后来是革命的主力。1905年废除科举，封闭了广大底层知识分子的上升渠道，这帮人很多投入新军，在新军里面最激烈和彻底的革命者大部分以前是秀才。知识分子并不像以前农民起义只是要均贫富，他们要推翻晚清，富强国家。这些人又没有对宪政有认知或者对民主有认知，只是需要建立一个新的国家，这个国家跟以前有点不太一样。有国家意识但不知道是什么样子，这是辛亥的实质，超越了农民起义仅仅要求改善自身状况的要求；同时没有明确的诉求，到底要成立什么样的国家并不清楚，所以才会出现反复。好像怎么还是那帮旧的官僚在执政？很简单，新生那帮人没有任何政治经验，没有成熟的民间的力量来做事。